编委会

主　　编　严文科

副 主 编　王亚鹏　王小丹

执行主编　孙建勇

编写人员　卞一鸣　毕丽华　曹建新　崔修建　陈泳因　陈会明
　　　　　　范德洲　范立志　范医民　冯向阳　韩慧杰　韩先虎
　　　　　　韩建龙　何　晴　焦　燕　郭俊娥　郭小静　刘红旗
　　　　　　刘远志　刘佳峻　刘　光　刘艳梅　李同领　李雪冬
　　　　　　李　嘉　李松楠　李　英　李丽丽　李红娜　路　勇
　　　　　　梁凤美　毛鹏飞　孔建好　秦贝臻　权　蓉　孙建勇
　　　　　　师宪宪　宋欣泽　宋秀燕　苏美玲　苏俊华　苏　雅
　　　　　　史苗苗　王峻峰　王世雄　王营辉　王继德　王雪纯
　　　　　　王月莹　王伟东　王　莹　卫玉丹　谢素军　薛臣艺
　　　　　　于爱军　闫荣霞　杨　梁　岳明洁　袁敏鸣　邹安音
　　　　　　张　维　张素燕　张　芳　张晓灵　张　卓　张亦斌
　　　　　　张　姗　张洁敏　张　强　种佩韵　朱自力　朱延嵩
　　　　　　朱桥治　赵经纬　赵东宏　周立影　周　覃

品格架构师丛书

情感修炼手册

梦

有梦想，谁都可以了不起

严文科 主编

山东友谊出版社

图书在版编目（CIP）数据

品格架构师. 梦 / 严文科主编. ——济南：山东友谊出版社，2016.3（2017.6 重印）

ISBN 978-7-5516-1001-8

Ⅰ.①品… Ⅱ.①严… Ⅲ.①小品文—作品集—世界 Ⅳ.①I16

中国版本图书馆 CIP 数据核字 (2016) 第 049245 号

敬告

在编辑出版过程中，对本书部分原文进行了修改，以便更符合出版要求。本书为汇编作品，由于各种客观原因，编著者无法与部分权利人联系。相关权利人可以与编著者联系领取稿酬。

编者

梦——有梦想，谁都可以了不起

主管单位：	山东出版传媒股份有限公司
出版发行：	山东友谊出版社
地　　址：	济南市英雄山路 189 号　邮政编码：250002
电　　话：	出版管理部（0531）82098756
	市场营销部（0531）82098035（传真）
印　　刷：	山东省东营市新华印刷厂
版　　次：	2016 年 4 月第 1 版
印　　次：	2017 年 6 月第 3 次印刷
规　　格：	170 mm×240 mm
印　　张：	12
字　　数：	300 千字
定　　价：	24.00 元

（如印装质量有问题，请与出版社出版管理部联系调换）

梦想

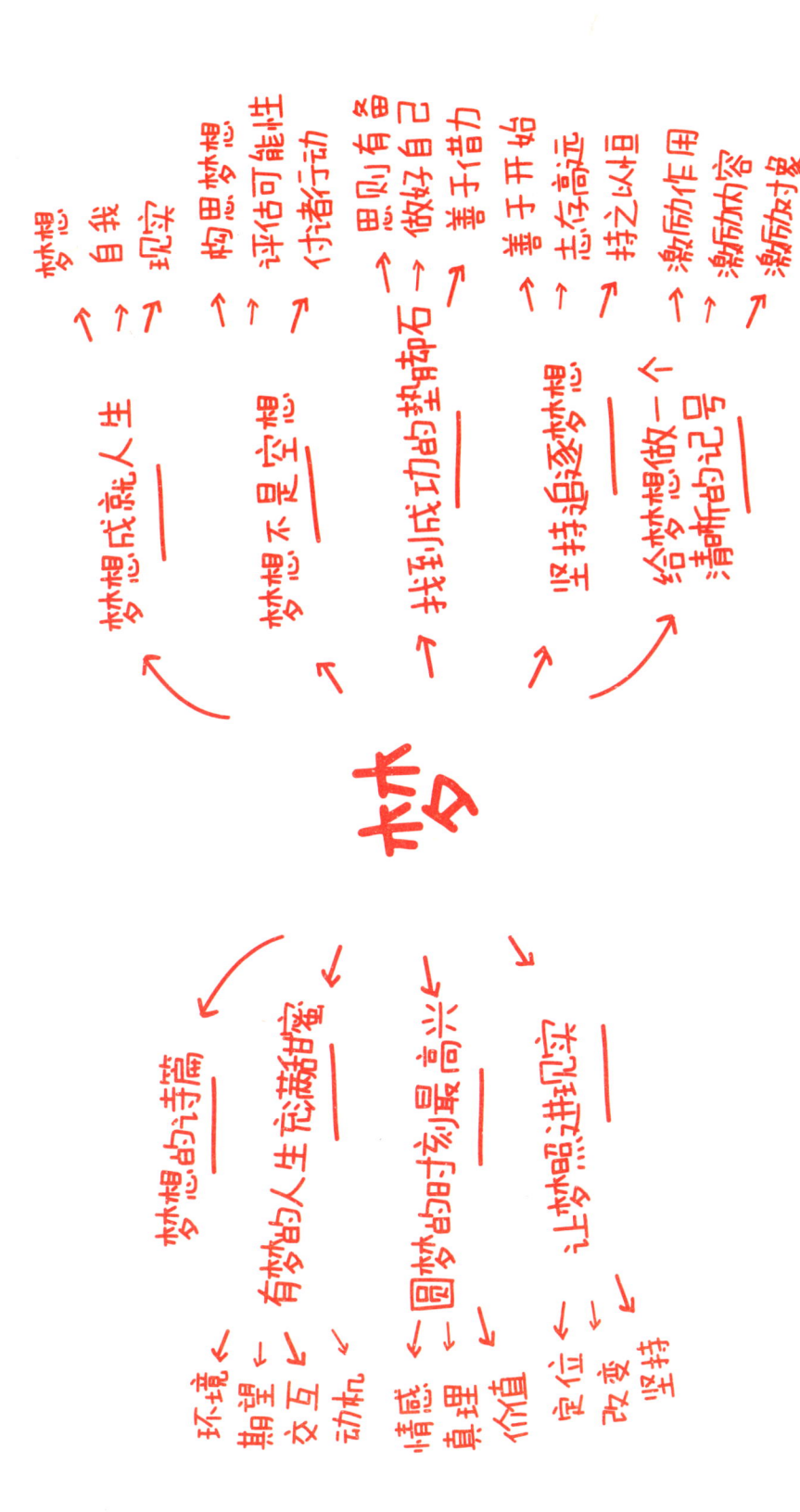

- 梦想成就人生 →
  - 梦想
  - 自我
  - 现实

- 梦想不是空想 →
  - 构思梦想
  - 评估可能性
  - 付诸行动

- 找到成功的基石 →
  - 思则有备
  - 做好自己
  - 善于借力

- 坚持追逐梦想 →
  - 善于开始
  - 志存高远
  - 持之以恒

- 给梦想做一个清晰的记号 →
  - 激励作用
  - 激励内容
  - 激励对象

梦想的归属

- 梦想的归属
  - 有梦想的人生最甜蜜 ← 环境、期望、交互、动机
  - 圆梦的时刻最高兴 ← 情感、真理、价值
  - 让梦想照进现实 ← 定位、改变、坚持

序

"我们要努力让下一代人多读书"

朋友来电，嘱我为严文科先生主编的《品格架构师》丛书写篇序言。

这着实让我犯难。多年来，我有一个不成文的自我约束：不给人写序，尤其不给自己不了解的作品写序。当然，这么多年来，偶尔也为在中小学教学第一线执着追求的普通老师的作品写几句话。因为，在我看来，这些老师要在繁忙的日常教学中，静下心来反思自己的教学工作，并把自己的所思所想整理成文，比很多专门做研究或搞写作的教授、博士不知要难多少。我每每被他们的事迹和追求所感动，不由自主地写几句感慨之言。

今天，要为严先生主编的《品格架构师》丛书写序，确实有点破自己的规矩了。不过理由还是充分的——他是给孩子们写书的人，这是写给孩子们的书！而我，对写给孩子们的书是情有独钟的。

朋友详细介绍了主编严文科先生，我自己又抽空了解了一下，感受颇多。严文科先生是一位有作为、有情怀的青年教育工作者，长期致力于中小学教育辅助读物的研究和编写，参与策划、编写过很多在市场上广有影响力的中小学生喜欢的读物，如《时文选萃》等作品广受好评。

我又粗略了解了一下作者即将面世的大作——《品格架构师》丛书。

该丛书是严文科先生及其团队的新作,可以说是严先生十余年来相关研究、实践及探索工作的进一步提升,有继承,有突破,有发展。《品格架构师》以中华优秀传统文化为基础,汲取了国内外相关研究的成果与经验,力求运用青少年心理学、教育学、脑科学等知识来指导孩子们的成长。丛书精选了一篇篇文笔优美、思想隽永、题材贴近现实生活又富有指导意义的小文章,力求通过这些文章来促进青少年核心素养的发展。该丛书人文精神浓厚,处处渗透着社会主义核心价值观,以学生核心素养的培养与发展为宗旨,是一套理念先进的中学生读物。

这些年来,我一直热衷于教科书研究,自然要旁及学生的课外读物,面对这套以促进学生阅读为宗旨、关注学生核心素养发展的丛书,我似乎是可以并且想说几句话的。

第一句话,我借用并改动了一位学者的肺腑之言,它代表我的心声,也是本序言的标题——"我们要努力让下一代人多读书!"只有读书,我们才知道这个世界上有书多好。如果没有书,我们的心该是多么冰冷和黑暗。很庆幸,我们还在读书,我们的下一代还在读书。当然,仅仅靠有限的学校课堂阅读显然是不够的。因此,课外阅读的重要性就大大提升,课外读物本身也就成为孩子们重要的成长资源。

第二句话,是我自己常常挂在嘴边的——"一定要关注孩子们在读什么书"。书籍浩如烟海,开卷总会有益。读书绝对比不读书好。确实,"每本书都会开启一条通往探索新知的大道"。但怎样让孩子们用最宝贵的时间读最有价值的书,读人类文明精华,读孩子们成长离不开的好书,仍然是需要我们不得不慎重考虑的。在我看来,有些书,只能让读书人从知识不多变得知识增多,说得尖刻一点,这只是从小蛹到大蛹的变化;而有些书,则让读书人升华,这却是从蛹到蝶的变化。

希望更多的人,像严文科先生一样,关注孩子们读书,关注孩子们课外读书。也希望这套书成为一个美丽的阶梯,帮助广大学生更加愉悦地建构丰富、善良、饱含爱的情感,塑造孩子们阳光、独立、富有创新精神且彰显中华传统美德的人格!

我们的世界是美好的。如果现在还不是,就造一个吧,用书,更多的书,更好的书。

石　鸥

2016/3/16 于北京

石鸥:首都师范大学教育学院教授,享受国务院政府特殊津贴专家,国家级教学名师。

前言

我们从中国优秀的传统文化中得到启示,在教育学家、心理学家和脑科学家的帮助下,发现了孩子精神发育和心智成长中的20个"核心素养"。我们的研发团队对这些核心素养进行了分解和建构,然后分别邀请了全国各地人品和文采俱佳的思想者,用自己亲身体验过或看到听到的故事、感悟、思考,俯下身来与孩子们进行交流——交流的载体当然是文字。每个思想者的文字简短且洋溢着人性温暖的光环,便于身负繁重作业和考试压力的孩子们,在一些散碎时间进行阅读。这样的交流轻松而深刻,不仅是语文学习意义上的阅读,更是与人类文明的亲昵互动。

我们在"品格架构师"下面设置了两个体系:《品格架构师·情感修炼手册》和《品格架构师·人格修炼手册》。

《情感修炼手册》设置了10个分册:①《爱——心中有爱才会人见人爱》,②《我——主要看气质》,③《家——有牵挂,才是家》,④《梦——有梦想,谁都可以了不起》,⑤《励——按下生命的向上键》,⑥《恋——有所恋,心方安》,⑦《友——奔跑吧,朋友》,⑧《惜——且学且珍惜》,⑨《缘——一念成缘,妙不可言》,⑩《和——人类只有一个地球》。

《人格修炼手册》设置了10个分册:①《诚——难听的实话胜过动听

的谎言》,②《敬——心存敬畏,行致高远》,③《勤——有多少努力,就会有多少回报》,④《毅——纵是地动山摇,毅是定海神针》,⑤《容——容于心,立于世》,⑥《砺——有磨砺的青春才酷》,⑦《省——会反省,便成长》,⑧《勇——勇敢的人生不需要解释》,⑨《达——一念放下,万般自在》,⑩《新——突破旧我,成就新我》。

每个体系下的每本书独立成册,各册间又相互关联,形成一个完整的"情感架构"体系和"人格塑造"体系。

《品格架构师》丛书有四个特点:

一、对中国优秀传统文化的传承和弘扬。本丛书从人生的多个层面和角度,对其内涵和外延进行全面、系统的挖掘和拓展,让优秀的传统文化渗透到青少年读者的情感和人格中,在潜移默化中帮助青少年读者建构丰富、善良、饱含爱的情感,塑造阳光、独立、富有创新精神且彰显中华传统美德的人格!

二、用优秀的"核心素养"培育青少年心中的"正能量"。今天的青少年整日接受海量的信息,真的、假的,对的、错的,美的、丑的……家长分不清,孩子更分不清,但《品格架构师》能分得清,不仅分得清,我们还能帮助孩子在精神和心智成长的关键期得到"正能量"的滋养。

三、从青少年熟知的生活体验中发现文明之美。本丛书中选取的作品涉及中外名家,内容都比较接地气:或是人生中常见的情感体验,或是平凡生活中的故事,都是青少年熟知的事。这些平凡的体验、故事及感悟,可帮助读者发现不一样的人生,不一样的世界,可陶冶情操,提升境界,于读者是一种莫大的享受。

四、培养青少年的独立思考能力。我们在每一篇阅读作品后面提供了三个方面的思维训练:"慢思考",即文章大意概括,引导读者在读后对文章主旨进行总结；"微感悟"，围绕作品主题进行思维发散训练；"新思考"，跳出作品主旨的条框，围绕一个有意义的点进行全新的思考，进行独立思考能力的训练。通过思维训练，读者不仅能把人类优秀文化"学进去"，还能"输出来"，进行独立思考和自我表达。

核心素养不是先天遗传的，而是靠后天的阅读和学习逐渐养成的。如果你是一位充满梦想的读者，我要对你说：

《品格架构师》能丰富你的心灵，健全你的人格，砥砺你的品德，让你发现一个情感丰富而真诚、内心阳光而强大、思维独立且富有创新精神、行动果敢而坚毅的全新世界。

《品格架构师》希望给蓬勃成长中的心灵撒播春天里的阳光和雨露，让你的内心充满爱与激情，让你的人格刚健而洋溢着人性的魅力，让你的品德有古代先贤或今之楷模一样的高度，让你的思维充满国际范儿的冒险意识和创新精神。

《品格架构师》既和你一起仰望星空，也和你共同面对当下。勇敢地和我们一起阅读下去，你的语文阅读能力和写作水平也将不断进步！

在编写过程中，本套书得到了国内外众多作家的支持和赐稿，也凝聚了编写团队的心血，特此致谢！

不足之处，乞望读者朋友指正。

巫文科
2016.4 于北京

目录

第 1 辑

有梦想的人生才有高度

开一张生命的"清单"	刘建忠	003
没有翅膀也可以自由地飞翔	崔修建	005
没有鳍也能成为一条出色的鱼	孙雨桐	009
人生从 70 岁开始	吴志强	012
信念开启成功路	余之敏	015

第 2 辑

梦想的风筝不能没有线

梦　想	冯骥才	021
每个人都有梦想	庞启帆 / 编译	023
没被偷走的梦	邓笛 / 编译	026

给梦想插上翅膀	刘东伟	028
当一件旧衣服有了梦想	佟雨航	031
新年的梦想	胡适	034

第 3 辑

追梦时一定要看清路标

从配角做起	刘东伟	041
挑选一双适合自己穿的鞋	范立志	043
用生命作代价	贾云刚	046
诗，使我常怀青春梦想	赵丽宏	048

第 4 辑

追逐梦想的脚步别停下

到远方去	韩青	053
让梦想穿越等待	薛峰	056

用29年换得28秒	孙建勇	059
人生只有走出来的美丽	周濯街	062
付出才会得到	［美］米歇尔·史密斯	
	孙开元/译	065

第5辑

及时给追梦者提个醒

为梦想做一个清晰可感的记号	孙建勇	071
不如倒数一下未来十年	李耿源	073
让你的故事成为传奇	王飙	077
17年蝉的飞翔	林华玉	080
给地下室画一扇窗	周华诚	084
不要因枯叶而放弃梦想之树	李耿源	087
我是一口笨井	王月冰	090
谁是你的英雄	孙建勇	093

第 6 辑

有时候新的梦想会更美

找到自己的海	迩半坡	099
开弓也有回头箭	赵经纬	102
揭去弱者的标志	李红都	104
自己先搭一个舞台	崔修建	107
梦想是你的脊梁	周海亮	110
梦	冰心	113
童年的三个梦想	赵丽宏	116

第 7 辑

圆梦是人生的一次超越

西餐厨子	张粉英	123
眼泪只为成功而流	姜钦峰	126
被石头绊倒后	周礼	129
独自航海的女孩	刘江	132
我梦中的小翠鸟	冰心	135

第 8 辑

最美的不是圆梦是追梦

总有一把钥匙属于自己	安一朗	139
我听过你的歌，我的大哥哥	路勇	142
后背冷	李良旭	145
过自己渴望的生活	王飙	148
愿	许地山	151

第 9 辑

为梦想吟诵动人的诗篇

我的理想我的梦	严文科 / 改写	155
阔的海	徐志摩	158
莲　灯	林徽因	160
幻中之邂逅	闻一多	162

秋天的梦	戴望舒	164
等待晴朗的天	严文科	166
五月已来到人间	[德]海涅　晨光/译	168

第1辑

有梦想的人生才有高度

梦想，是坚信自己的信念，完成理想的欲望和永不放弃的坚持，是最宝贵的财富。有了梦想，人生才会充满激情。不论男女，不论老幼，每个人都应该拥有梦想。有了梦想，就有了方向；有了方向，就有了走向成功的可能；而有了成功的可能，人生便有了高度。

                    升学
短期梦想 → 旅行 → 可随环境不断调整
                    就业

                    信仰
长期梦想 → 追求 → 稳定持久，需要一生去追求
                    奉献

            健身
            买房
生活梦想 → 结婚 → 贴近生活，息息相关
            生子

职业梦想 → 晋升 → 体现职业价值观，
         加薪   是个人对未来职业
                的向往和追求

社会梦想 → 助人 → 社会全体成员的共同理想
         造福社会

有梦想的人
生才有高度

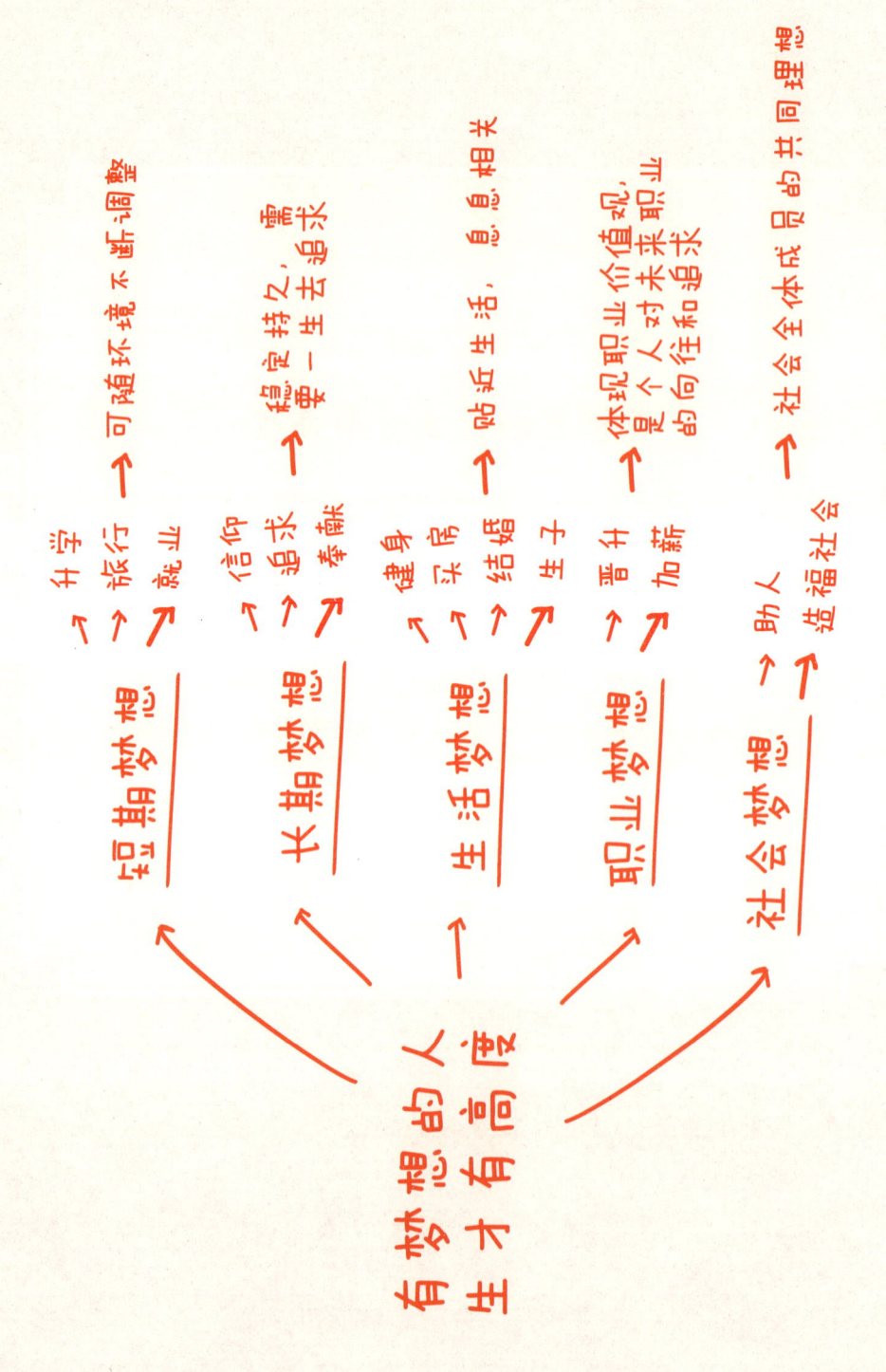

> 品格微语
>
> 确定目标往往是这样的，有些事情可能超出你的能力，那并不意味着你得放弃整个梦想。

开一张生命的"清单"

刘建忠

《心灵鸡汤》一书记载了这样一个故事：早在44年前，15岁的美国少年约翰·戈达德就把自己一生拟做的事情列了一张清单。他写道：探索尼罗河、亚马孙河及刚果河；爬上珠穆朗玛峰、乞力马扎罗山、马特合恩峰；读完莎士比亚、柏拉图和亚里士多德的著作；写一本书……

戈达德把这张清单称为"生命清单"，每个条目都编了号，共127条。44年过去了，如今59岁的戈达德已经实现了106个目标。他做了无数次远行和探险，成为电影制片人、作家和演说家，得到许多荣誉，包括被接纳为英国皇家地理学会的成员和纽约探险者俱乐部成员。

读完戈达德的故事，我的心情久久不能平静，这不仅仅是因为他实现了许多有意义的目标，更因为他在追求这些目标的过程中所倾注的那种矢志不渝的热情和持之以恒的坚韧。

我想到一个问题：我们有没有一张"生命清单"？有些人在宽松祥和的环境里和优越舒适的条件下，偏执地诅咒着时运的不济，抱怨着机遇的不均，哀叹着人生的无奈。有些人说起来头头是道、目标远大，做起来裹足不前、畏首畏尾。不要说像戈达德那样实现一个又一个艰难且惊人的目标，就连平常发誓要做的一些并不太难的事情也未必能善始善终。更可悲的是，有的人往往还找各种借口，为自己开脱，说什么时间太紧啦，条件不允许啦，领导不支持啦，等等。还有一种人，压根就不知人生目标在何方，在生活之海里随波逐流，从不扪心自问我这一生如何度过，这一阵子该干点什么，更谈不上有什么人生理想与追求，其结果，只能使本来可以发光发热的生命潜能暗暗流失。

列一张清单并不难，难的是矢志不渝地追求它。不错，有些目标不仅仅有个艰难的实现过程，有时甚至要以生命为代价。戈达德在追求目标的过程中，先后经历18次死里逃生的考验，表现出惊人的勇气和韧性、坚定的意志和信念。像所有人一样，戈达德也有未能完成的目标。但他并不因此而遗憾，他说："确定目标往往是这样的：有些事情可能超出你的能力范围，那并不意味着你得放弃整个梦想。"至今，这位让人尊敬的老人仍在努力实现尚未完成的目标，而且还在增加新目标。

人生苦短，追梦路长。列一张生命清单，抛开一切多余的东西，去实现梦想，去做自己想做的事吧。不要等到日暮黄昏空留一腔遗憾。要让生命有质的不同，就不要把梦想带进坟墓。

情感修炼手记

·慢品味·

一个15岁的美国少年，列下一份"生命清单"，共计127个人生梦想，最终他用44年的时间实现了其中106个目标，从而成就了自己人生的高度，这个少年名叫约翰·戈达德。

·微感悟·

人生需要梦想，没有梦想的人生注定是慵懒的，也是昏暗的。只有在梦想的支撑下，一个人才会看到阳光雨露，才会有生活的热望和奋进的激情，才会在追逐梦想的过程中最终成就一段精彩无限的人生。给自己列一张梦想的清单吧，抛开一切多余的东西，去做自己想做的事，或许有一天我们年轻的生命就会变得花团锦簇。

·新思考·

在如此多彩的世界里，一个积极上进的人，怎么可以没有梦想？如果没有梦想，我们的人生哪里会有蓬勃生气？

> **品格微语**
>
> 即使没有翅膀，也依然可以高高地飞翔。
> 就算没有修长的十指，你同样可以弹出美妙的琴声，可以写出漂亮的文章。
> 你的梦想有多高，你就可能飞多高。

没有翅膀也可以自由地飞翔

崔修建

1983年的一天，在美国亚利桑那州图森市的一家医院，一个女婴呱呱坠地，令她的父母惊愕无比的是，女婴居然一出生就没有双臂，连见多识广的医生也无法解释这个奇怪的现象。

在父母的疼爱下，女婴一天天长大，成为一个可爱的小女孩。

有一天，站在阳台上的女孩，看到一群与自己同龄的孩子正张开天使般的双臂，在阳光下欢快地奔跑着追逐翩翩起舞的蝴蝶，女孩十分伤感地向母亲哭诉命运的不公。

母亲平静地安慰她："孩子，上帝的确有些偏心，但上帝是要送给你更多的梦想，要让你用行动去告诉人们——即使没有翅膀，也依然可以高高地飞翔。就算没有修长的十指，你同样可以弹出美妙的琴声，可以写出漂亮的文章。"

"我真的能做到那些吗？"女孩仰起头来。

"只要你肯努力就能做得到。只要你的梦想没有折断翅膀，你就一定能飞得很高很高。"母亲温柔的目光里充满了不容置疑的坚定。

女孩相信了慈爱的母亲的话，一遍遍地用目光抚摸着自己那双看似普通的脚，暗暗告诉自己：我有一双非凡的脚，不只是用来奔走的，还是用来飞翔的。

此后，在父母的指导、帮助下，女孩开始有计划地锻炼自己双脚的柔韧性、灵活度和力量。怀揣梦想的她，克服了许多难以想象的困难，经历了数不清的失败，终于在人们的惊讶中练出了一双异常灵活的脚——她不仅可以用双脚吃饭、穿衣等，轻松地实现了生活自理，还学会了用脚弹琴、写字、操作电脑……她几乎用双脚做到了常人所能做到的一切。

女孩开始在人们面前自豪地展示自己非同寻常的"脚功"，起初遇到的那些异样的眼光里，渐渐地充满了惊讶和钦佩。在她14岁那年，女孩彻底扔掉了那副装饰性的假肢，一脸阳光地穿着无袖的上衣，走进校园、商场、街区……仿佛自己根本就不缺少什么。

女孩创造奇迹的脚步仍在继续，她读书刻苦，作业写得总是一丝不苟，从小学到中学，她的学习成绩始终名列前茅，老师和同学们都十分敬佩她的坚毅和自强。当她拿到亚利桑那大学心理学专业的学士学位证书时，一家人幸福地拥抱在一起。父亲自豪地鼓励她："孩子，你还可以做得更棒！"

"是的，我还可以做得更棒！"女孩自信地笑着。

为了增强腿部肌肉的力量，保持腿部的灵活性与韧性，女孩不仅坚持跑步，还成为碧波荡漾的泳池里的一条自由穿梭的美人鱼，还成了一家跆拳道馆里小有名气的高手……一位医生曾指着给她拍的X光片，惊奇地喟叹："经过锻炼，她的双脚已变得异常敏捷，她的脚趾关节已像手指关节一样灵活自如。"

女孩的梦想还在不停地放飞着，她又走进了汽车驾驶培训学校。在教练员惊讶的关注中，她很快掌握了驾驶汽车的各项技术，通过了各项近乎苛刻的考试，顺利地拿到了驾照，开始用双脚娴熟地驾车御风而行……

接下来，女孩要去圆自己心中埋藏已久的梦了——她要亲自驾驶飞机，拥抱苍穹。

曾经培养出许多飞行员的著名教练帕里什·特拉威克一看到亲自驾车来报名的女孩，就知道她一定会飞上蓝天，就像一只矫健的雄鹰那样，不仅仅因为她那娴熟的驾车技术，还因为她目光中流露出的从容、淡定与果决。

果然，女孩在学习飞机驾驶的时候，丝毫不逊色于那些身体健全的飞行员，她一只脚操纵着控制板，另一只脚操纵着驾驶杆，滑行、拉起、升空……她冷静、沉着，每一个动作都十分准确、到位，比不少学员表现得都出色。教练帕里什·特拉威克说："事实证明，她是一个优秀的飞行员，她驾驶飞机时非常冷静和稳定。一旦你和她在一起待上 20 分钟，你甚至就会忘掉她没有双臂的事实。她真是太令人难以置信了。"

25 岁的女孩如愿拿到了轻型运动飞机的私人驾照，成为美国历史上第一个只用双脚驾驶飞机的合法飞行员，开创了飞行史的先例。女孩的名字叫杰西卡·考克斯。

如今，杰西卡·考克斯已是美国家喻户晓的英雄，她靠双脚生活和奋斗的感人故事，给世人带来了巨大的心灵震撼和精神鼓舞。

在数百场演讲中，杰西卡·考克斯说得最多的一句话是："你的梦想有多高，你就可能飞多高。"

没错，即使你生来就没有翅膀，你依然可以高高地飞翔，因为你心中永不跌落的梦想，会为你生出自由翱翔的双翅，会给你传递无穷的力量，会帮助你创造无法想象的奇迹。

情感修炼手记

·慢品味·

　　没有双臂的杰西卡·考克斯一次次挑战自我，超越自我，完成了人类史上一个个无法想象的奇迹，是"没有翅膀也可以自由飞翔"的最佳例证。

·微感悟·

　　是什么让一个没有双臂的女孩创造了那一个又一个不可思议的奇迹？是坚强，是乐观，是自信，归根结底，是因为她的心中有梦，有一个渴望像正常人一样生活的梦。正是因为有了这样的梦想，她才有了挑战不可能的勇气、决心和行动，并最终成就辉煌。

·新思考·

　　相比于没有双臂的杰西卡·考克斯，我们还有什么理由抱怨生活，有什么理由不为自己的梦想付出努力？

品格微语

> 奇迹的创造并不复杂，而奇迹之所以稀缺，是因为 99.99% 的人认为，没有鳍就不能成为一条鱼。

没有鳍也能成为一条出色的鱼

孙雨桐

当年，26 岁的菲利普·克罗松在搬动屋顶天线时触到高压线，两万伏的电压产生的电流瞬间将他的双臂和双腿烧成了"焦炭"。一个没有四肢的人，该如何面对未来？躺在医院里，菲利普一直在思考这个问题。有一天，一个电视节目使他明白了自己究竟该怎么做。那是个纪录片，讲述了一个身有残疾的女子只身横渡英吉利海峡的事迹。那场面使菲利普感到震撼，他想："我也要横渡英吉利海峡。"

没有四肢，却想横渡英吉利海峡，就如同一条没有鳍的鱼却想在大海中游弋。所有的人都认为这不可能，然而，菲利普决计要做一条无鳍的鱼。

菲利普聘请教练传授游泳技巧。事实上，在此之前，他是典型的"旱鸭子"，从未下过水。第一次下水，他的身体像石头一样直往下沉，水呛得他差点窒息，幸亏教练在旁保护，迅速把他捞了上来。不过，他很快想到了好办法，让人在自己残存的上臂上安装假肢，在残存的大腿上套上脚蹼，然后，头戴潜水镜和呼吸管，再次下到水里。按照教练的提示，他不停地划动上肢，并且使劲地拍打脚蹼，果然没有沉到水底，只是整个人在原地打转。不管怎样,没有沉没就是成功!经过一周的练习,他进步神速,可以沿直线游动了。又过了一段时间,可以连续游过两个泳池的距离。接下来,他信心满满,开始了"魔鬼式"训练,不仅强练泳技,还加强力量练习。借助假肢,他坚持跑步和举重,每周训练时间长达35小时。两年后,他的体重大大减轻,泳技突飞猛进,耐力也变得超强,每一次连续游出的距离再也不是两个泳池的距离,而是三千米。他完全像一条可以自由游弋的鱼了。

具有挑战性的一天终于来临。2010年9月18日8时,在英吉利海峡,全副"武装"的菲利普从英国福克斯通港下水,朝着对岸法国的维桑港奋力游去。他的假肢在碧波间划动,激起朵朵浪花,他的呼吸管像高举着的一只手臂,顶端那一块橘黄色标志在海浪中特别耀眼。他保持着节奏,合理分配着体力,每游三千米就休息一分钟,然后继续前进。可是三小时后,他感到有点不妙,浑身疼痛,但他对自己说:鱼是不会停的!这时,三只海豚在他身边游动,于是,他很快便有了缓解剧痛的办法,除了奋力划水,他努力欣赏海豚的泳姿。就这样,经过13小时30分钟,他终于游过了34千米宽的海峡,胜利抵达目的地,比预计的整整快了10小时30分钟。那一天,菲利普就是一条真正的鱼,把最真实的感动留给了现场所有的人。

明知无鳍却偏要坚持做一条鱼,并且最终把这条鱼做得纯粹而完美,这就是奇迹。也许,奇迹的创造并不复杂,而奇迹之所以稀缺,是因为99.99%的人认为,没有鳍就不能成为一条鱼。

情感修炼手记

· 慢品味 ·

　　一个没有四肢的人,为了梦想,执意做一条无鳍的鱼,并最终把人生演绎得纯粹而完美。成功没那么难,只要你想得到。

· 微感悟 ·

　　身体的残缺不可怕,可怕的是心灵的残缺。人生的可贵之处在于将不可能变成可能,人生的魅力也在于此。没有做不到,只有想不到,没有什么不可以,只有你认为不可以。

· 新思考 ·

　　13小时30分钟,游过34千米宽的海峡,这需要怎样的毅力,这背后又需要付出多少艰辛?在学习的过程中,我们需要的不正是这种毅力和努力吗?

品格微语

> 不，我自己的事由我自己负责，我可不想让你们为我承担什么。

人生从 70 岁开始   吴志强

回首逝去的岁月，她觉得太平淡了。出生、上学、结婚、生子、做祖母，和所有普通女人一样，她基本上完成了一个女人应完成的任务，可她总觉得欠缺了点什么，她一直在寻找。直到 70 岁，她突然渴望干点什么。

她年轻时最大的愿望是做一名登山运动员，但由于条件的局限和环境的制约，一直未能如愿。现在，都 70 岁了，她感到实现理想的时间到了。她兴奋地把自己的决定告诉家中每一位成员，期望得到他们的认同和支持，不料，家人一个个惊讶地吐出了舌头，认为这是痴人说梦。

老太太并不灰心，她决定用行动来说服家人。

她去了一家很有名的登山运动俱乐部报名，准备参加培训。工作人员一看是位老太太，有点惊讶，不敢贸然接收她。

"太太，能告诉我们您今年多大了吗？"工作人员很认真地问。

"70，70 岁。"老太太注视着工作人员，回答得很坦然。

"我们俱乐部可从没接收过 70 岁的会员啊——连 60 岁的也没有。"

"但你们俱乐部也没规定 70 岁不能报名，是不是？喏，你们的广告里面可没限制年龄。"说完，老太太还从兜里掏出一张宣传单来。

"但是，我们还是担心……"

"担心什么？"一看对方拒她以千里之外的神情，老太太十分恼火，禁不住在报名处闹起来："再不给我报名，我马上就去告你们，你要知道，拒绝我入会可是违法的。"

接待的工作人员还是很有耐心，继续解释："太太，我们可是为您的生命和健康负责，没别的意思。"

"不，我自己的事由我自己负责，我可不想让你们为我承担什么。"老太太大叫起来，引来一大群人围观。老太太话一说完，迎来一阵清脆的掌声，来人正是该俱乐部的经理。

工作人员正准备上前说些什么，被经理阻止了，他亲自替老太太办好了一切入会手续。就这样，她成为整个俱乐部里年纪最大的会员。

随后，她一直和年轻人一样冒险攀登高山，竟然坚持了25年。在95岁高龄时，她登上了著名的富士山，打破了攀登此山的最高年龄纪录。这位老太太不是别人，她就是胡达·克鲁斯。

情感修炼手记

·慢品味·

　　胡达·克鲁斯在70岁时开始参加登山训练，并坚持登山25年，在95岁高龄时成功登上日本富士山，打破了攀登此山的最高年龄纪录，创造了人生的奇迹。

·微感悟·

　　是的，梦想没有年龄的限制，胡达·克鲁斯在古稀之年仍像年轻人一样，渴望从事登山运动，正是因为有了这样的梦想，她才拥有了一颗不老的心，并最终练就了不亚于年轻人的好身板，成功挑战人生的极限。

·新思考·

　　谁说年龄是人生的一道坎？自然的年龄并不等于心理的年龄。梦想不会选择年龄，只会选择勇于坚持的人。无论懵懂少年还是白发老人，只要坚持努力，梦想都会实现。

> **品格微语**
>
> 我会让我的目标、我的成功以及我的造诣定义我,而不是我的外表。

信念开启成功路 余之敏

最近,一组近乎恐怖惊悚,令人不敢直视的照片在网络上传播开来。照片上那枯瘦如柴的面容,那皱缩的肌肤,会让人以为那至少是耄耋之年的老人,殊不知照片中的人今年才 26 岁——她就是就读于德克萨斯州州立大学的美国人丽兹·维拉斯奎兹。而她的这种罕见症状全球只有三例。

丽兹·维拉斯奎兹出生时早产了 4 周,体重不到 1 千克。跟正常婴儿相比,她不仅奇瘦无比,还从小免疫力就差,大小病不断:出生时两眼是棕色的,4 岁时右眼开始视力模糊,并变成蓝色,不久那只眼就瞎了。16 岁时盲肠穿孔,差点死掉。19 岁时因红细胞无法正常复制,体内的血液只有正常人一半,导致严重贫血。她的灾难还不仅于此——她患上了罕见的马凡氏综合征和脂肪代谢障碍,所以从小到大,即便她每天吃 60 餐,体重也不会超过 30 千克。

她那犹如骷髅的面容常常招来讥笑和嘲讽。而每当她回家看着镜子里的自己,她都没有勇气活下去。她一次次捶打着镜子,双手一次次被犀利的镜片戳得鲜血淋漓。在所有的规劝都无济于事后,父母伤透了心。她又一次自残后,母亲近乎绝望地也用手猛击碎镜片,不成想扎破了主动脉,顿时血流如注。如果不是被及时发现并火速送往医院抢救,她的母亲恐怕都已离她而去了。惨痛的一幕终于让丽兹安静了下来,一番痛定思痛后,她决定活下去,因为即便这个世界所有人都抛弃她,她的父母不会。她再也不能伤父母的心了,她得好好活着。此后她一心扑在学习上,想以此分散注意力。可是随着她一天天长大,身边的人不仅用歧视的眼光看她,还很少有人愿意跟她交朋友,这让她又陷入了绝望的深渊而不可自拔。她曾想到一个远离家乡的地方悄悄结束生命。正当她悲哀地着手准备,她的父母惶恐不安时,一份重点高中的录取通知书及时降临,唤起了她求生的渴望。是啊,自己的精彩人生才刚刚开始,怎么能就这么轻易抛弃生命呢……经过一番痛苦的挣扎,她终于走出了噩梦般的岁月,迎来了属于自己的真正全新的生活。

而自从上了令无数人羡慕的高中后,她的身高也长到了1.57米,但天生的"零脂肪"使她的体重不曾增加一丁点儿,用"骨瘦如柴"形容她一点儿也不过分。一些人偷拍她,并把她的照片上传到互联网上,她因此被更多的人发现,被称为"世界上最丑的女人"。但此刻的她再也不自暴自弃了。因为她坚信她不比别人差,最起码在读书上她是同龄人中最优秀的一个。不仅如此,她已经在慢慢地接受这样的自己,并开始主动交朋友。现在的丽兹已经能够坦然面对所有的讥笑嘲讽。对大街上的异样眼神,她再也不会自怨自怜,反而还会走到对方面前,主动打招呼并赠送名片,"嗨,我是丽兹,请你不要再盯着我看了。"

丽兹就是这样保持着对生活的信念,并加倍刻苦学习,最终成为一名出色的演讲师。她的故事影响了很多人。目前她已经出了两本畅销书,而且她还计划把自己的亲身经历拍成电影,相信借助电影会影响更多的人。说干就干!对自己充满信心的丽兹一面投入创作,一面积极主动地寻找赞助商。也许是被她的经历打动,也许是精明的赞助商从她身上看到了某种商机,有人愿意投资,聘请专业人员帮助丽兹拍摄影片。

日前,丽兹·维拉斯奎兹现身德克萨斯州奥斯汀举行的西南偏南电影节。在电影节上播放了她自己制作的78分钟的电影,充分表达了一个被网络欺凌的受害者的励志心路历程,感动得在场的人唏嘘不已。在影片的最后,丽兹提出了这样一个问题:是谁造就了你?是你的背景、你的朋友,还是家庭？丽兹坦言："我曾经的生活的确非常困难，但是那没有关系，"她豁达地接着说，"我会让我的目标、我的成功以及我的造诣定义我，而不是我的外表。"

如今，她还试图游说政府通过反欺凌法案，让其他如她一般不幸又无辜的人不再遭受欺凌。我们相信她会成功，因为她有着无比坚定的信念——而信念正是帮助人开启梦想之路的不二法宝。

情感修炼手记

·慢品味·

一个容貌近乎令人恐惧的女孩儿却自信得如鲜花盛开，她有坚定的信念，十分执着，最终实现自己的梦想。这说明，外表不会定义一个人，只有梦想和努力才会。

·微感悟·

外表对一个人来说可能很重要，无论生活、学习还是工作，外表美都会起到一定的效果。但是，外表又实在不重要，只要你有梦想，像丽兹一样，乐观、自信，做真实的自己，那么，你就是最棒的。

·新思考·

生命形态各异，外表有美丑之分，心灵无贵贱之说。关爱心灵，关爱弱势群体，是这个时代赋予每个生命个体的责任。为拥有梦想者点赞，赞的是心灵和境界，与容颜的美丑有何关系？

第 2 辑

梦想的风筝不能没有线

劳伦斯曾说:"美满的人生,是理想与现实两者切实吻合。"怎样才算吻合?梦想和现实的距离究竟有多远?这是我们每一个人必须认真思考的问题,所以,拥有怎样的梦想在人生历程中显得非常重要。梦想不是空想,更不是漫无边际的幻想。它最好是可行可靠的,在现实和能力允许的范围之内,它值得我们付出努力一路追寻。飞翔的风筝必须通过一条丝线掌握在放飞者的手中,否则就会坠落跌碎。梦想也是如此,没有基础的胡思乱想,注定没有善果。而那些恰当的、符合自己特点的梦想,能够引导你发挥潜能,迈开脚步奋勇前行,变不利为有利,变不能为可能,最终迎来一个梦想成真的未来。

梦想的风筝不能没有线

构思梦想 →
- → 学业目标
- → 未来工作目标
- → 家庭目标
- → 兴趣爱好
- → 尽情畅想，插上梦想的翅膀

→ 评估可能性
- → 现状
- → 具体目标及其意义
- → 现状与具体目标之间的差距
- → 是否愿意付出努力
- → 付出努力是否可以实现目标
- → 调整
- → 将目标具体化，评估目标，调整目标不合理目标

→ 付诸行动
- → 信心信念
- → 细化目标
- → 持之以恒
- → 享受过程
- → 期待结果
- → 凸显目标阶段性，点击联系，坚持到底

品格微语

理想是主旋律，梦想是它的和弦。

梦 想 冯骥才

梦想与理想不同。理想是有社会目标的，要通过努力、付出乃至苦斗，争得最终的实现。梦想没有目标，只是一种朦胧的想往，不是去求索，不需要以现实为依托，也不一定要实现，而是期待它的出现罢了。

理想与梦想伴随着人的一生。它们常常轮流地折磨着我们。我们为理想流汗流血，最终不一定看到成果；我们为梦想心驰神往，多半只是空望。但没有理想和梦想的人生才是真正空虚的。它只是天天设法喂饱自己而已，生命没有任何意义，干瘪和有限。

人生的快乐是沉浸在理想的境界里，并时时有梦想伴随。理想是主旋律，梦想是它的和弦。

于是就有了这幅画中的一团光。光团之中还有一支梦想的鸟儿飞来。这鸟儿是梦想的伴侣吗？不去管它。反正梦想都是一种幸福的期待。

在画中，我之所以用"留白"的方式来画阳光。因为最亮的地方是什么也看不见的。

情感修炼手记

· 慢品味 ·

《梦想》本是作家冯骥才的一幅画作，本文虽是作者对该画作的解读，却是一篇不错的哲理小品，短小精悍，韵味无穷，佳句频出，比如：理想是主旋律，梦想是它的和弦。

· 微感悟 ·

作家将梦想与理想进行区分，但并没有贬低梦想的意思，反而给予梦想同等的礼赞。在阐述梦想和理想的辩证关系中，作家似乎在告诉我们，梦想是更容易受到人们青睐的一种期待。梦想，可以时刻存在于人们心中，它更加随性，更加接地气；理想，则多了些理性，多了些负担。但是，如果只是把梦想当作一个消遣的梦境，那梦想也会成为空想。

· 新思考 ·

理想一定要坚守，梦想亦不可弃置，没有梦想的生活是缺少色彩，缺少灵魂的。那么，满怀理想的你给梦想一个空间了吗？

品格微语

12周后，这组原本依赖社会救济生活的人没有一个再需要社会救济。

每个人都有梦想

庞启帆／编译

10年前，艾尔·科丹在南半球一个比较落后的国家从事一项特殊的工作——唤醒那些依赖社会救济生活的人的自力更生的欲望与能力。他请求当地政府部门召集一组依赖社会救济生存的人，这些人来自不同的种族和不同的宗族。每个周五他都花三个小时与这些人在一起。有需要的话，他也会向政府申请一点现金带到工作现场。

那天，和每个人握手之后，科丹说的第一句话是：我想知道你们每个人的梦想是什么？听到科丹的话，每个人都奇怪地看着他，就像看一个疯子。"梦想？我们没有梦想。"其中的一个男子说道。

科丹耸耸肩，说："那么，你们年轻的时候有过什么想实现的事情？难道你们现在都忘了这些曾经想实现的事情？"

一个女人大声说："我不知道你说的梦想有什么用。我的孩子被老鼠咬伤了，这是我目前最揪心的事。"

"老天，"科丹说，"太可怕了！当然，目前最需要解决的问题就是你的孩子的伤情和那些老鼠。你需要什么帮助？"

"嗯，我想要一个新的纱门，因为我家的纱门破了一个洞。"

科丹问众人："这里有会修纱门的人吗？"

人群中一个40多岁的男子举手应道："很久以前我干过这种活，但现在我的技术差不多都忘了。不过，我还是想试试。"

"我身上有一点钱,你可以拿这钱去商店买材料,然后去帮这位女士修纱门。"科丹告诉他。顿了顿,科丹又问:"你认为你能做好这件事吗?"

"是的,我会尽力的。"男子答道。

一周后,当人们又聚在一起的时候,科丹问那个女人:"你家的纱门修好了吗?"

"哦,修好了。"她说,"我们可以开始我们的梦想了,不是吗?"说完,她给了科丹一个微笑。

科丹问那个修纱门的男子:"感觉怎样?"

男子答道:"哦,你知道,那是一件非常开心的事。我的心情从来没有像现在这么好过,并且我觉得现在的生活比以前有意义多了。"

这些看起来很小的成功让人们看到,梦想并不是荒唐的。他们已开始感觉到,有些事情真的可以实现。

科丹开始问其他人的梦想。一个女人说她一直都想成为一名秘书。"是什么妨碍了你的梦想实现呢?"科丹问。

她沉吟片刻,说:"我有六个孩子,如果我离开家,就没有人照顾他们了。"

"我们来找一个解决的办法。"科丹说。

"当这位女士去职业学院参加培训的时候,有谁可以一周去她家一到两天帮她照顾她的六个孩子?"

一个女人说:"我也有孩子,但我可以做这件事。"

"我们都行动起来吧。"科丹说。一个计划产生了,那个一心想做秘书的女人随后去了某个职业学院参加夜校培训。

每个人都找到了事情做。那个修纱门的男人成了一名杂物工,那个去照看小孩的女人成了一名专职的护理员。12周后,这组原本依赖社会救济生活的人没有一个再需要社会救济。

情感修炼手记

·慢品味·

　　一次次地与依赖社会救济的人谈起梦想，科丹真诚地帮助他们解决了自身的难题，唤醒了他们对梦想的追求，帮助他们走出无意义的慵懒生活。

·微感悟·

　　梦想不一定非得宏大、新奇或者神圣，梦想不是高高在上的王冠，它可以是我们内心的任何一种憧憬。不要妄自菲薄，每个人都可以有梦想，也应该有梦想。梦想会使我们的生活充满希望，梦想会让我们的生活多一些生动。

·新思考·

　　安逸和享乐是猪栏里猪的理想，那么，怎样的梦想能让生活变得多姿多彩，富有意义呢？现实有滋生梦想的土壤，也有阻挡梦想的高墙，但如果你真的想要做一件事，那么全世界都会为你让路。

品格微语

梦想是你的，不要让人偷走。

没被偷走的梦 邓笛/编译

我的好友蒙田·罗伯特十分富有，是一个成功的农场主。每次我为"贫困青少年援助计划"举办募款活动时，都会向他借用场地。最近一次我向他借用场地时，他给我讲了一个关于贫困少年梦想的故事：

一个男孩，幼年丧母，家境贫寒。其父是一个驯马师，虽整日来往于各个农场之间，但也挣不到多少钱。男孩上高中的时候，语文老师布置了一篇作文，题目是"长大后想干什么"。

那天晚上，男孩完成了他的作文，足足写了7页纸。他在作文中说，他的梦想是要拥有一个很大的农场。他甚至画了一张这个农场的设计图。农场占地200英亩，并且有一个4000平方英尺的豪宅。

第二天，他把作文交给了老师。两天后，老师把批改后的作文发还给了他。然而，他只得了一个最低等级"F"。下课后，男孩找到老师，问："为什么只给了我一个F？"

老师说："梦想不是幻想，像你这样的孩子，没有钱，没有家庭背景，怎么能够买得起那么大的农场，建那么大的房子呢？现实一点，做白日梦可不好。"他接着又说："如果你重新思考你的梦想，设定一个实事求是的目标，我愿意改判这次成绩。"

男孩回到家，想了很久，然后又就"长大后想干什么"这个问题征询父亲的意见。父亲说："孩子，这种事情你必须自己拿主意，你应该认真对待，因为对你而言这是一个重要的决定。"经过一周的认真思考之后，男孩做出了决定，他把那篇作文交给了老师，一字未改。他对老师说："您可以坚持给我 F，但我要坚持我的梦想。"

这个男孩就是蒙田·罗伯特。他现在的农场就是按照当年作文中的设计图设计的：占地 200 英亩，有一个 4000 平方英尺的豪宅。有意思的是，两年前，那个语文老师带着 30 个学生来到他的农场露营一周。临别时，老师对他说："瞧，蒙田，我想对你说，在你做学生那会儿，我实际上有点儿像个偷梦的人。这么些年，我或许不知不觉中偷了许多孩子的梦呀。幸亏，你的梦没能让我偷走。"

梦想是你的，不要让人偷走。

情感修炼手记

·慢品味·

这虽然是一个坚持梦想的故事，却能引发读者的一个疑问：什么样的梦想，能够不被人偷走呢？

·微感受·

蒙田·罗伯特少年时的梦想咋看似乎都是不着边际的虚幻之想，其实，那是他发自内心的最真实的渴望，是想了又想之后认为最值得追寻的人生目标。所以，任何人都无法将这个梦想偷走。

·新思考·

不被偷走的梦想才是属于自己的真正的梦想。所以，当我们心中有梦想时，不妨问一问自己：我的梦想是否虚幻？是否容易被人偷走？

品格微语

要给梦想插上翅膀,让它飞到想也想不到的地方去。

给梦想插上翅膀   刘东伟

他出生于美国俄亥俄州,从小就有一个梦想,那就是当一名优秀的飞行员。

在他13岁那年的一天早上,学校里组织了一次郊游活动,老师带着他和同学们出发了。来到城外,望着广阔的天空,老师问:"同学们,你们的梦想是什么?"

同学们一一回答,轮到他时,他望着苍穹中一只飞鸟说:"我要像它一样,到天空中看一看。"同学们哈哈大笑,很多人以为他在痴人说梦,连老师也将怀疑的目光投向他。他说:"我说过多次了,总有一天,我会飞出地球的。"老师走了过来,微笑着说:"听说你很小就有这个梦想了,是吗?"他点点头,说:"是的,我小的时候看到飞鸟时,便想到天上看一看。"老师点点头,说:"每个人都有梦想,但如果你的梦想太过虚无缥缈,就像海市蜃楼一样,你就捕捉不到它。""不。"他大声说:"海市蜃楼也是真实存在的,我的梦想并不虚幻,一定会实现的。"

老师望着神色坚定的他,有些惭愧,一直以来,他教导孩子们要有远大的理想,为什么当他将梦想挂在高处时,自己却产生怀疑呢?想到这,老师说:"对不起,老师收回刚才的话,你一定会成功的。"他说:"不,老师,我非常感谢您今天的话，是您和同学们的怀疑给了我动力，请大家记住今天，这是我人生的一个转折点。"

一个人如果有了理想，却没有踏在现实的起点上，那这个人只能是一只没有翅膀的鸟，永远也无法飞起来。而他，不想做没有翅膀的鸟。他要展开理想的翅膀，飞向蓝天，飞向遥远的地方。那天课外活动时，他一个人静静地坐在一边，望着天空出神。蓝蓝的天空上飘荡着一片片白云，仿佛一张张轻蔑的脸。远处传来"叽"的一声鸟鸣。他放眼望去，看到了一只小鸟。那是只羽毛未丰的鸟，他飞得很低，刚刚飞上去便滑下来。但是，小鸟很坚强，它没有放弃，没有停止，而是一次又一次冲击高空。终于，小鸟成功了，它欢快地叫着，一飞冲天。他的胸腔里突然像有一团火在燃烧，火势越来越大，仿佛点燃了他的血液。

第二年，他便报名参加了飞行训练。这一年，他才14岁。

每天他都参加各种高强度的训练，从没有怨言，从没有后悔走上这条路。

两年后，他获得了飞行员证书，五年后，他成为美国最年轻的飞行员。

其间，他进入普渡大学学习航空工程学，几年后，他加入太空总署，又过了几年，他成为"双子星五号"的预备驾驶员，终于有了飞向太空的机会。1966年3月16日，他驾驶着"双子星五号"成功地进行了太空飞行。任务完成之后他有一段假期。那段时间里，他回了一趟母校，受到了校长及老师们的热烈欢迎。在母校发言时，他讲了这样一句话："要给梦想插上翅膀，让它飞到想也想不到的地方去。"1969年7月16日，他成为"阿波罗号"的指挥官，带着另一位宇航员奥尔德林于7月21日成功地登上了月球。

他就是阿姆斯特朗，第一个登上月球的人。

情感修炼手记

· 慢品味 ·

像飞鸟一样,到天空中看一看,这是少年阿姆斯特朗的梦想。尽管这个梦想受到了别人的质疑,但是,他坚信这个梦想是实在的,事实也证明,他没错。

· 微感悟 ·

如果说在万户所处的那个时代,梦想插上鸟的羽翅飞上蓝天还只是一个笑话的话,那么,在阿姆斯特朗所处的这个现代科技高度发达的时代,梦想飞上太空,其实一点都不虚幻。阿姆斯特朗绝非异想天开,他的自信也绝非盲目。他之所以遭到质疑,那是因为那些人中没有谁能够像他一样对太空那么着迷,也没有谁对航天科技前沿知识了解得比他更多。

· 新思考 ·

当梦想暂时不被人理解,遭到质疑时,我们该怎么办?坚持还是放弃?读了阿姆斯特朗的故事,你是不是已经找到了答案?

品格微语

当一件旧衣服有了梦想，它就会焕发出不一样的光彩。

当一件旧衣服有了梦想　佟雨航

他从小就喜欢篮球，最大的梦想是长大后当一名篮球明星。13岁那年，他听说纽约体育场将举办一场全美最高水平的篮球比赛，但门票非常昂贵，每张200美元。

他非常想去观看这场比赛，于是硬着头皮伸手向父亲要钱。他的父亲是一个街头小摊贩，每天从旧物市场淘回一些旧衣服，然后在街头摆摊叫卖。父亲看了他一眼，随手丢给他一件旧衣服，说："你如果能把它卖到200美元，你就去看比赛。"

"这怎么可能呢？这么一件旧衣服怎么可能卖200美元？它最多只能卖1美元！"他嘟囔着。父亲鼓励他："好好想想，也许会有办法的。"

一整天，他都闷在屋子里，想怎样可以把这件旧衣服卖到200美元。他想，衣服这么旧，还这么脏，谁愿意买？如果把衣服洗干净再熨烫一下，也许能好卖一些，多卖一些钱。于是，他爬起来把那件旧衣服洗得干干净净。没有熨斗，他就用刷子把衣服刷平，铺在一块平板上阴干。第二天，他带着这件衣服来到一个熙熙攘攘的地铁站。功夫不负有心人，他最终以2美元的价格卖出了那件旧衣服。

这给了他鼓舞和启迪。他回到家把挣到的 2 美元递给父亲说："给我一件价值 2 美元的衣服。"父亲微笑着递给他一件稍好一点的旧衣服。第二天，他满怀信心地拿着那件旧衣服找人在上面画了一只可爱的唐老鸭和一只顽皮的米老鼠。然后，他来到一个贵族学校，在学校门口叫卖，并最终以 20 美元的价格卖掉了那件衣服。

回到家后，父亲又递给他一件旧衣服，问他能不能卖到 200 美元。他沉静地接过衣服，开始了思索。两个月后，机会来了。当红电影《霹雳娇娃》的女主角拉佛西到纽约做宣传。他奋力挤到人群前面，记者招待会结束后，他猛地推开保安，来到拉佛西面前，恳请拉佛西她在他的衣服上签名。没有哪个女人会拒绝一个纯真的孩子的请求，他如愿以偿地得到了拉佛西的亲笔签名。随后，征得拉佛西的同意后，他当场拍卖起那件衣服："拉佛西小姐亲笔签名的运动衫，起价 200 美元！"经过多次竞拍，他最终以 1200 美元的价格卖出了这件运动衫。

他终于如愿以偿地观看了那场全美最高水平的篮球比赛。他就是后来被人们誉为"篮球之神"的迈克尔·乔丹。

当一件旧衣服有了梦想，它就会焕发出不一样的光彩。坚定而执着地追求自己的梦想，就一定可以梦想成真！

情感修炼手记

· 慢品味 ·

就因为渴望去看一场最精彩的球赛,一个少年调动一切聪明才智,把旧衣服卖出天价,把看似不可能的事情变成可能,这个关于迈克尔·乔丹的故事生动地告诉我们如何把梦想一步一步变成现实。

· 微感受 ·

把旧衣服卖到200美元,就如同让一个新手在20米开外投篮命中,看似一个不可能的梦想。但是,聪明者懂得一个大梦想其实是由若干小梦想组成。一个又一个小的梦想如果能够实现,大的梦想的实现就不远了。

· 新思考 ·

一口吃不成胖子。就每个学子而言,门门功课都得满分当然很难,但是,如果追求每门功课都优良,是不是要简单得多?一个门门功课都优良的人,又何尝不是一个优秀的学子呢?

> 我当然梦想全国的真正统一,当然梦想全国的匪患肃清,当然梦想全国精诚一致地应付那逼人而来的绝大国际危机,当然梦想中国的学术界在这一年中有惊人的进步……

新年的梦想 胡适

新年前的两日,我正在作长途的旅行。寂寞的旅途是我最欢迎的,因为平常某日有应做的事,有不能不见的客,很少有整天可以自由用来胡思乱想的;只有在火车和轮船上,如果熟人不多,大可以终日关在一间小房间里,靠在枕头上,让记忆和想象上天下地的自由活动,这在我们穷忙的人是最快乐的一件事。

这两天在火车上,因为要替《大公报》写新年的第一篇星期论文,虽然有机会胡思乱想,总想从跑野马的思路里寻出一个好题目来做这篇应节的文字,所以我一路上想的是"我盼望我们这个国家在这新开始的一年里可以做到的几件什么事?"我是向来说平实话的,所以跑野马的结果也还是"卑之无甚高论"。

我上了火车,就想起上次十月底我南行时在火车上遇着的一位奇特的朋友。这人就是国联派来的卫生专家史丹巴(Stamper)先生,他是犹哥斯拉夫国的一个伟人,他在他自己国内曾尽力做过长期的乡村运动,很受人民的敬爱。他在中国十二个月,走遍十六个省份,北到宁夏,南到云南,到处创设卫生机关。在中国的无数外国专家,很少(也许绝无)人有他那样勤苦尽力的。

在平浦的火车里,史丹巴先生和我谈了许多话,其中有一段话我最不能忘记。他说:"先生,中国有一个最大的危险,有一件最不公道的罪恶,是全世界文明国家所决不容许的。中国整个政府的负担,无论是中央或地方政府,全都负担在那绝大多数的贫苦农民的肩背上;而有资产的阶级差不多全没有纳税的负担。越有钱,越可以不纳税;越没钱,纳税越重。这是全世界没有的绝大不公平。这样的国家是时时刻刻可以崩溃的。"

史丹巴先生悲愤地指出的罪恶,是值得我们深刻地惭愧,诚恳地忏悔,勇猛地补救的。我们的赋税制度实在是太不公道了。抽税的轻重应该是依据纳税的能力的大小,而我们的赋税却是依据避税的本领的大小:有力抗税则无税,有法嫁税则无税,而无力抗税又无法嫁税的农民则赋税特别繁重。不但钱粮票附加到几倍或几十倍,小百姓挑一担菜进城,赶一头猪上市,甚至于装一船粪过河,都得纳重税。而社会上最有经济能力的阶级,除了轻微到不觉得的间接税之外,可以说是完全不用纳税。在许多地方,土豪劣绅不但不用纳税,还可以包庇别人不纳税,而他们抽分包庇的利益。都市里有钱有势的人们,连房捐都可以不纳,收税机关也不敢过问。所得税办到今天,还只限于官吏和公立学校的教员;而都市商家、公司银行,每年公布巨大赢余,每年公然分依红利,国家从不能抽他一个钱的所得税。国家财政所靠的三五项大宗收入,关税、盐税、田税、统税,其最大负担都压在那百分之九十几的贫苦农民身上。人民吃不起盐了,穷到刨削地土上的硝盐,又还要犯罪受罚!

这种情形真是一个文明国家不能容许的。所以我的第一个新年梦想是梦想在这个新年里可以看见中国赋税制度的转变,从间接税转变到注意直接税,从贫民负担转变到依纳税能力级进的公开原则。遗产税是应该举办的;所得税应该从速推进到一切有营利可以稽查的营业。

我这回在火车上遇着一位在上海做律师的朋友,他告诉我一个故事,也使我很感动。他说有一天，他同一位俄国朋友到上海新开幕的"国际大饭店"去吃饭，那位俄国朋友参观了那个最新式的大饭店的种种设备，忍不住说了一句话："华丽和舒服都够得上第一等了，可惜不是中国今日顶需要的。"他接着说："中国今日还不能解决人民的吃饭问题，中国资本家不应该把他们的财力用到这种奢侈事业上去。"

我听了这个故事，很替我们的国家民族感觉惭愧。我们谈这件事的时候，火车正到了符离集站，车站两旁的空地上满堆着一袋一袋的粮食，一座一座的小山，用芦席盖着，在那蒙蒙细雨里霉烂着，静候"车皮"来运输！站上的人说车辆实在太少了，实在不够分配。我眼里望着那一山一山的粮食袋，心里想着江南的许多旱区的饥民，想着那每年两万万元的进口外国粮食，又想着前几天报纸上详细记载着的交通部新官邸的落成典礼——我的脑筋又在那儿跑野马了。我想起民国十六年我过日本时看见大地震后的第四年东京的政府机关，多数还在洋铁皮的屋顶之下办公，我不能不感觉这几年我国政府新建筑的一些官邸未免太华丽了，不是我们这个不曾解决人民吃饭问题的多难国家顶需要的。我又想：铁道部和交通部为什么不能合并作一部呢？为什么这些国家交通事业不能减政裁人省出一点钱来多买一些必需的车辆呢？为什么要让人民的粮食堆积在雨地里受湿呢？我又想起广东去年起开征外国米进口税，暹罗政府就立刻免除暹罗米的出口捐，所以暹罗米入口额仍旧不减退，而湖南运来的米，还不能和洋米竞争。我这样胡思乱想，就引起了我的第二个新年梦想了。我梦想的是：在这一年里，我们的政府能充分运用关税政策和交通政策来帮助解决民食的问题；单有粮食进口税是不够的，广东的先例可以借镜；我们必要充分办到全国粮食的生产与需要的调剂，方才可以避免某一区域丰收成灾而某一区域嗷嗷待哺的怪现状。国家的交通机关必须要充分效率化，必须要节省浪费来补充必要的车辆与船只，必须把全国粮食的调剂为国家运输政策的一个最重要部分。如果这一年外国粮食进口额能从两万万多元减少到一万万元以下，那才不枉负我们又痴长一岁了。

新年的梦想还多着呢！我当然梦想全国的真正统一，当然梦想全国的匪患肃清，当然梦想全国精诚一致地应付那逼人而来的绝大国际危机，当然梦想中国的学术界在这一年中有惊人的进步……但火车震动得太厉害了，太长的好梦容易惊破，所以我只能把这两个小希望写出来，作为我给《大公报》的读者贺新年的祝辞。

情感修炼手记

· 慢品味 ·

两个故事，使胡适想到了自己的新年梦想：中国赋税制度要转变，中国关税政策和交通政策要帮助解决民食，这充分体现了他忧国忧民的情怀。

· 微感悟 ·

有大梦想，也有小梦想。在本文中，胡适的两个新年梦想都与国家和人民有关，这是一种悲天悯人的情怀，是一种"国家兴亡，匹夫有责"的担当。先天下之忧而忧，后天下之乐而乐。这着实可贵！在今天看来，胡适当年的梦想是多么实在，多么接地气啊。如今我们所处的时代，不仅实现还已经远远超越了他的梦想。

· 新思考 ·

无论过去还是现在，人总是在岁末年初有一些新年梦想和计划，那么，在新的一年里，你有怎样的梦想和计划？是大梦想，还是小梦想呢？

第 3 辑

追梦时一定要看清路标

对于攀登者来说，失掉往昔的足迹并不可惜，迷失了继续前进的方向却很危险。

对于追梦的人来说，也是如此。在追寻梦想的征途上，方向同样重要，如果没有方向，你将无从迈步，也就无法实现自己的梦想。如果不辨方向，莽撞追寻，那么，你就很有可能陷入南辕北辙的境地。只有看清了方向，选准了路径，追梦的脚步才不会凌乱，速度才不会下降，距离梦想才会越来越近。所谓看清追梦的方向，就是要运用智慧对自己的梦想、对所处的环境、对自身的特点，进行认真的评估、分析和研究，找到一种与自己的实力相匹配、与环境相适应的圆梦途径。

追梦时一定
要看清路标

→ 思则有备 → 信念坚定
　　　　　　→ 时刻准备着 → 运筹帷幄之中，决胜千里之外
　　　　　　→ 注重平时积累

→ 做好自己 → 多审视自己
　　　　　　→ 独立思考，解决问题的能力
　　　　　　→ 学习他人优点 → 学最好的他人，做更好的自己
　　　　　　→ 虚怀若谷
　　　　　　→ 配角意识

→ 善于借力 → 父母和老师的激励作用
　　　　　　→ 同伴的监督作用 → 登高而招，臂非加长也，而见者远；顺风而呼，声非加疾也，而闻者彰
　　　　　　→ 近朱者赤，多结交优秀的人

品格微语

很多优秀的主角都曾演过配角，如果配角发挥不好，主角一个人也唱不了全台的戏。

从配角做起 刘东伟

1973年4月14日，布劳迪出生于纽约市，他从小就喜欢表演艺术。

12岁那年学校里组织一场庆典活动，看到一个同学忙碌地准备节目，他非常羡慕，也想登台表演。可学校里并没有安排这么多节目，老师只好给他安排一个配角。

在这次庆典演出中，布劳迪将自己的"配角"发挥得淋漓尽致，频频获得掌声，其光彩甚至压过了主角。有了这次经历，布劳迪更加认定了自己的方向，他立志要在表演的路上走下去，不闯出成就决不退缩。他先后进入表演艺术高中、戏剧艺术学院学习表演。后来，布劳迪进入百老汇，开始在舞台上崭露头角。

1988年，布劳迪出演电视剧《终于回家》，同年，他还出演了情景短剧《安妮·麦圭尔》。之后，他又出演了《山丘之王》《棒球天使》《黑街杀手》《甜衫》《意气风发》等多部影视作品。在这些作品中，他很少担任主角，有的时候，他的镜头甚至像昙花一现。但是，对于配角布劳迪并不敷衍，他坚信通过努力提高演技自己早晚会当上主角。

终于，观众对布劳迪越来越认可，不少导演和制片人也渐渐看好他。在《婚姻的责任》《在各方面》两片中，布劳迪获得了出演主角的机会，他充分发挥自己的表演才能，两片均获得了较大成功。1998年，布劳迪出演了电影《餐馆》，由于出色的表演，获得了独立精神奖最佳男演员提名。之后他又出演了《山姆的夏天》《飞扬的年代》《危机密布》《项链事件》等作品，演技越来越纯熟。给他带来更大收获的是《钢琴家》。为了不辜负观众对自己的期望，他每天练4个小时钢琴，短期内瘦了30磅。有付出就有回报，该片上映后获得了巨大成功，布劳迪也因此先后获得法国恺撒奖、波士顿影评协会奖、美国影评人协会最佳男演员奖、英国学院奖、金球奖和奥斯卡奖最佳男演员提名。

情感修炼手记

·慢品味·

想当演员的布劳迪耐心地从"配角"做起，经过不懈努力终于出演主角，并获得很多大奖，梦想成真。

·微感悟·

追逐梦想，不可盲目行动，认准方向尤为重要。要想当将军，先从士兵做起。要想当好演员，先从配角做起。"百丈之台，其始则一石耳"，不要一心只想着去干一番大事业而忽视了方向。既要仰望星空，也要低头看路，更得脚踏实地。

·新思考·

你可能志向高远，胸怀伟大抱负，那你能不能先找到一条真正适合自己的路，避免南辕北辙？

品格微语

挑选一双适合自己的鞋，做自己想做的事，生命才有生生不息的激情，人生才真正属于自己，生活才真正幸福。

挑选一双适合自己穿的鞋　范立志

弗兰兹·卡夫卡，奥地利小说家，欧洲著名的表现主义作家。美国诗人奥登评价他："他与我们时代的关系就如同但丁、莎士比亚、歌德同他们那个时代的关系。"从奥登的评价我们不难看出，卡夫卡的作品对他那个时代的影响很大。

可又有谁知道，就是这样一位知名的大作家，小时候却十分内向、懦弱，没有一点男子汉气概，又非常敏感多愁，老是觉得周围环境都在压迫和威胁自己。防范和躲灾的想法在他心中可以说是根深蒂固的。为此，他的父亲伤透了脑筋。因为卡夫卡的父亲竭力想把儿子培养成一个标准的男子汉，希望他具有风风火火、宁折不屈、刚毅勇敢的性格。

见儿子的个性与自己的期待反差如此之大，卡夫卡的父亲不得不采用更粗暴更严厉的做法进行矫正。带他参加社会活动，让他学习演讲，参加跑步等等。但遗憾的是，卡夫卡不但没有变得刚烈勇敢，反而更加懦弱自卑，并从根本上丧失了自信心，致使生活中每一个细节、每一件小事对他来说都是一个不大不小的灾难。他在困惑痛苦中长大，整天都在察言观色，常独自躲在角落里悄悄咀嚼受到伤害的痛苦，小心翼翼地猜度又会有什么样的伤害落到自己身上。看到卡夫卡那个样子，熟悉他的人们都认为卡夫卡简直没出息到了极点。因此，卡夫卡的父亲完全绝望了。

然而，令人们始料未及的是，卡夫卡后来竟成了20世纪上半叶世界上最伟大的文学家。

卡夫卡为什么会成功呢？原来，成年后的他，找到了一双适合自己的鞋——文学创作。他刻苦学习，发奋读书，勤奋创作，每天都沉浸在读书和创作的美妙中。在读书和创作中，他不但感受到生活和世界的美好，而且获得了快乐和成功，逐步克服了内向、懦弱、消极等弱点。在艺术王国中，他快乐地驰骋，开创了文学史上全新的艺术流派——意识流，给世界留下了《变形记》《城堡》《审判》等许多不朽的文学巨著。

看来，挑选一双适合自己的鞋，做自己想做的事，生命才有生生不息的激情，人生才真正属于自己，生活才真正幸福。

情感修炼手记

·慢品味·

小时候的卡夫卡内向、懦弱、敏感、多愁,后来正是由于找到了文学创作这双适合他的鞋子,他才克服了不良的性格,在文学方面开辟了一片新天地。

·微感悟·

俗话说,鞋子合不合脚,只有自己知道。尺有所短,寸有所长。人各有志,兴趣是最好的老师。勇于发现自己的长处,扬长避短,找到适合自己的鞋子是非常重要的。当你在郁闷痛苦中彷徨时,不要自卑,也不要自弃,不妨也换个角度,换个思维,找到那双适合自己的鞋子,只有鞋子合脚了,才能坚定不移地朝前走,踏出属于自己的一条阳光大道。

·新思考·

当你即将踏上逐梦的征程时,你是否找到了一双适合自己的鞋子,准备好义无反顾,勇往直前呢?

品格微语

一个人一旦用生命作代价来追寻梦想，那么，这世上一切失败的阴云都将为他避让。

用生命作代价　贾云刚

美国的一位广告人突然感觉脸部不适，到医院一检查，才发现得了皮肤癌，这对他打击不小，这意味他在这个世界上的时间已经不多，而他还有很多心愿没有完成。

他对妻子说："我一生都想从事自由写作，现在趁自己还行我一定要试试看。"他辞了职，用全部积蓄5000美元，在新泽西州北部买了一个破旧的农舍，并把其屋后的鸡舍收拾了一下，改为写作室。起初，他要写一篇关于海军潜水员初学潜水感受的文章，但总觉得写得言不由衷、词不达意。

他决定亲自尝尝潜水的滋味。他生平第一次潜下水去，紧握着绳索，慢慢地潜入水的深处，不久两耳便开始疼痛，后来痛得简直无法忍受。潜水手套随着那条黏搭搭的绳索滑下，他控制不住下沉的速度，一只笨重的潜水靴又夹在木桩里拔不出来。"拖我上去！"他惊恐万状，对着附在头盔上的扩音器大喊。他被拉出了水面。掀起头盔，觉得喉咙里堵得慌，吐出来，竟然是一口鲜血。原来在强大的水压下，喉咙里有些毛细血管破了。他的成绩不错，下潜了12米。

他卖掉了那篇绘声绘色的文章，所得的稿酬足以使他清偿许多积欠的账单。此后，对新事业他定了个原则：选出最棘手的目标，亲身体验一番，然后才下笔写。最终，他成了一个炙手可热的纪实作家。

用生命作代价，这是一个让我们为之震惊的话题。然而，真的有人去做，事实证明，他果然成功了。其实在人的一生中，能真正让我们付出类似代价的事情不是太少，而通常是我们付出的代价太少。正如哲人罗梭所说："一件事物值多少，等于个人目标或将来要付出的代价，这代价我称之为生命。"

这就是生命的代价，一个人一旦用生命作代价来追寻梦想，那么，这世上一切失败的阴云都将为他避让。而成功终将会像洁白的雪莲一样，在他生命的绝壁上嫣然绽放。

情感修炼手记

·慢品味·

一位广告人在生命的最后时期，不悲观，不消极，努力寻找突围困局的方向——将写作与亲身经历结合起来，最终实现了生命的价值。

·微感悟·

保尔·柯察金说过："人最宝贵的就是生命，生命对于每个人来说只有一次。人的一生应该这样度过：回首往事，他不会因为虚度年华而悔恨，也不会因为碌碌无为而羞愧。"当得知自己身患绝症的时候，不悲观丧气，而是充分抓住每一分每一秒的时间，去做心中想做的事情。在生命的最后时期，广告人用坚强和毅力为自己赢得了荣誉和成功。生命的价值就在不离不弃、义无反顾、勇往直前的奋斗中得到体现。

·新思考·

连身患绝症的人都能振奋精神，用最后的生命去完成心中的梦想，实现自己的人生价值，那么拥有健康体魄和美好青春的我们，该如何去做呢？

品格微语

> 人人心中都会有一盏灯,尽管人世间的风向来去不定,时起时伏,只要你心里还存着爱,存着对未来的希冀,这灯就不会熄灭。

诗,使我常怀青春梦想

赵丽宏

从写第一首诗至今,有了多少年头,自己也很难计算了。最初的诗,写在日记本中,那还是中学时代,距今已有四十多年了。我至今仍清晰地记得我在故乡崇明岛"插队落户"时写诗的情景。那些在飘摇昏暗的油灯下写的诗行,现在读,还能带我进入当时的情境,油灯下身影孤独,窗外寒风呼啸,然而心中却有诗意荡漾,有梦想之翼拍动。可以说,诗歌不仅丰富了我的生活,也改变了我的人生。诗歌之于我,恰如那盏在黑暗中燃烧着的小油灯,伴我度过长夜,为我驱散孤独。人人心中都会有一盏灯,尽管人世间的风向来去不定,时起时伏,只要你心里还存着爱,存着对未来的希冀,这灯就不会熄灭。世界博大,人心纷繁,我想,人类心灯的形态和光芒是不一样的。和诗歌结缘,是我的幸运。

最近,北京一家出版社要出我的十八卷文集,其中两卷是诗歌,收入诗作三百余首。编这两集诗选,使我有机会重温自己写诗的经历。文集中的诗,不是我诗作的全部,时间跨度逾四十年。这些诗行中,有我人生的履痕、生命的印记,是我在文学之路上探索前行的足音,也是我所生活的时代在我心灵中激发出的真实回声。对一个写作者来说,真正的诗歌到底是什么？去年，我在塞尔维亚获得一个诗歌奖——斯梅德雷沃金钥匙国际诗歌奖，我在发表获奖感言时，说了如下一段话："诗歌是什么？诗歌是文字的宝石，是心灵的花朵，是从灵魂的泉眼中涌出的汩汩清泉。很多年前，我曾经写过这么一段话：'把语言变成音乐，用你独特的旋律和感受，真诚地倾吐一颗敏感的心对大自然和生命的爱——这便是诗。诗中的爱心是博大的，它可以涵盖人类感情中的一切声音：痛苦、欢乐、悲伤、忧愁、愤怒，甚至迷惘……唯一无法容纳的，是虚伪。好诗的标准，最重要的一条，应该是能够拨动读者的心弦。在浩瀚的心灵海洋中引不起一星半点共鸣的自我激动，恐怕不会有生命力。'年轻时代的思索，现在回想起来，仍然可以重申。"

如今的时代，写作不会受人规范，诗人可以随心所欲放歌吟唱，可以用千奇百怪的方式组合文字，可以不管读者的观感自说自话，可以天马行空俯瞰人世，也可以混迹市井随波逐流，诗歌在中国的美名和骂名，都涵藏在这些现象中。不过我相信，不管世风如何变化，有一条规律大概不会改变：那些失去了真诚的诗，一定是没有灵魂，也不会有生命的。

我写诗的数量，随着年龄的增长而减少，这并非说明我对诗歌的热爱在消退。诗是激情和灵感的产物，诗的激情确实更多和青春相连，所以诗人的特征常常是年轻。然而这种年轻应该是精神的，而非生理的。只要精神不老，诗心便不会衰亡。这些年，我更多写作散文，但从未放弃过诗歌。诗和散文之间，其实有很多相通之处。只要我仍在写作，我就会继续写诗。

感谢诗歌，使我的人生多了一点浪漫的色彩；感谢诗歌，使我多了一种记录生命、感受自然、抒发情感的方式。感谢诗歌，使我常怀着青春的梦想，哪怕霜染鬓发，依然心存少年情怀。

情感修炼手记

· 慢品味 ·

文章中,作者重温了自己四十多年写诗的经历,体悟到了诗歌的真谛:诗歌让人永葆青春。

· 微感悟 ·

写诗,成就了赵丽宏的绚丽人生,所以,他要感谢诗歌。其实,他感谢的是当初的人生选择。正是因为他选择了执着于诗歌创作,找准了自己的人生方向,才不至于虚度年华。诗歌犹如那在黑暗中燃烧着的小油灯,伴人度过长夜,为人驱散孤独。尽管人世间的风向来去不定,只要心存梦想,这盏灯就不会熄灭。

· 新思考 ·

在纷繁复杂的现实世界,我们的内心是否还有梦想和诗情,让那颗纯洁善良的灵魂,与青春做伴,与阳光共舞?

第4辑

追逐梦想的脚步别停下

梦想,不是唾手可得的花朵,不是伸手可摘的水果,不是睁眼可看的风景,它往往是超越当下的一种期待,是大于已有的一种渴望。所以,它需要追逐,需要寻找,需要探求。英国政治改革家斯迈尔斯曾经说过这么一句话:"一个没有原则和没有意志的人就像一艘没有舵和罗盘的船一般,他会随着风的变化而随时改变自己的方向。"追梦的人最终能否牵住梦想女神的纤手,取决于他有没有不达目的不放手的原则,取决于他有没有咬紧牙关克服困难的意志。或者说,若要梦想成真,追逐梦想的脚步就不能够停下。

追逐梦想的脚步别停下 →
- 善于开始 →
  - → 目标高远
  - → 驻足现实
  - → 千里之行，始于足下。
  - → 简单的开始
  - → 从头再来的勇气
- 志存高远 →
  - → 异想天开
  - → 着眼未来
  - → 长风破浪会有时，直挂云帆济沧海。
- 持之以恒 →
  - → 锲而不舍
  - → 勇敢无畏
  - → 脚踏实地
  - → 相信自己
  - → 享受过程
  - → 总结教训
  - → 锲而舍之，朽木不折；锲而不舍，金石可镂。

品格微语

其实人生就是一次远行，每个人都在不断地找寻着属于自己的远方。

我们要勇敢地迈出精神之脚，踏碎途中大大小小的羁绊，只有这样，才能不断地走向远方。

到远方去　韩青

诗人汪国真曾写道："到远方去，到远方去……"

其实人生就是一次远行，每个人都在不断地找寻着属于自己的远方。

提到行走，自然就会提到脚。可是，世上有很多有脚却不能行走的人，比如张海迪、史铁生、霍金……但他们比常人走得更有力，更遥远。他们所走的路都是艰辛的路、成功的路，它们的长度就是他们生命的高度，那是常人都不能企及的。

可见，真正支撑行走的不是脚，而是追求、信念、梦想、心灵……它们就是我们的精神之脚。因此，所谓的远方，就有了两个，一个是地理上的，一个是精神上的。而后者就是安妮宝贝所说的"真正美好的地方"，那不是轻易就能抵达的。

对于精神上的远方来说，它又因物和人而异。你若是种子，累累硕果就是你的远方；你若是花朵，醉人芳香就是你的远方；你若是小溪，辽阔大海就是你的远方；你若是士兵，胜利就是你的远方；你若是运动员，冠军就是你的远方；你若是作家，杰出作品就是你的远方……

那么，该怎样才能抵达这样的远方呢？

不由想到宋代画竹高手文与可,他在画竹之前,先让竹子在胸中长出个样儿来,然后再按那胸中的样儿将竹子搬到纸上。对我们而言,在动身之前,也要先在胸中描画出心中远方的样儿,然后再去跋涉、找寻。西谚云:"如果你知道去哪里,全世界都会为你让路。"因此,目标更明确、具体了,行动起来就会更迅捷,甚至能够事半功倍。

当然,这事儿不能光遐想,那从脚下通向远方的路,关键还要靠精神之脚去跋涉。

对于年轻的约翰·克里西而言,能够发表第一篇文章就是他当时最想到达的远方。他把写成的稿件,分别投往各个出版社和文学报刊。可得到的却是一次次的退稿。他将每一张退稿单保存起来,并根据退稿单上的意见修改和写稿。功夫不负有心人,在收到 743 张退稿单后,他的作品终于发表了。并且从此一发不可收拾,他在 40 年的时间里写出了 564 本书,成为全世界著书量最多的作家。

他凭借执着与坚定的精神之脚到达了他渴盼的远方。如愿后,他继续前行,走向了更远的远方……从他身上我们不难悟出:所谓的远方就是愿望与梦想的一个个彼岸。

其实抵达任何一个这样的彼岸都不是一帆风顺的,总有这样或那样的挫折等你去"摆平"。因此,我们要勇敢地迈出精神之脚,踏碎途中大大小小的羁绊,只有这样,才能不断地走向远方。

而远方跟时间一样永无止境,生命却是极其有限的。因此,不管我们怎样努力地去走,一生都只能走其中一段。既然如此,我们就只能走好这段路,把它走成无悔之路、成功之路,它们的长度就是生命的高度。有这样高度的人才是大写的人、纯粹的人。

情感修炼手记

· 慢品味 ·

从汪国真的诗"到远方去"想开来,作者思考着一个人生大问题,那就是:到底远方是哪里,怎样才能抵达远方?

· 微感悟 ·

远方,或许就是梦想实现的地方。迈开双脚去远方,其实就是一段寻梦的征程。人生最贵是精神,精神益新德益新。地理上的远方是有限度的,而精神上的远方却无法估量。张海迪、史铁生、霍金等人的成功之路,说明真正支撑行走的不是脚,而是梦想、信念和追求。要抵达梦想的远方,需要执着与坚定,需要不断努力,勇敢跋涉,踏碎途中大大小小的羁绊。

· 新思考 ·

我们这一代,衣食无忧,条件优越,我们该如何确定自己的远方,实现美好梦想,体现人生的价值呢?

品格微语

与其等待，不如尝试去做你一直想做的事情。

告诉自己，如果不想让自己错过太多，不想让梦想等死，那么就去多尝试、多穿越！

让梦想穿越等待　薛峰

我很喜欢的一部电影，名字叫《飞屋环游记》，讲的是一对夫妻计划去一个叫作"梦幻瀑布"的地方。他们有一个存钱罐，说好了，等存钱罐满了他们就出发。

但是生活不是总像他们计划的那样。汽车要维修，房子在漏水，孩子要上学，他们被迫一次又一次地用到这笔积蓄，一次又一次地拖延出发的时间。最后有一天，老太婆过世了，老头子一个人待在这个空荡荡的房子里，变得孤僻起来，不愿与人接触。

如果不是拆迁队威胁要拆掉这所老房子，如果不是政府派人来准备将他送到养老院，老头子不会有这么疯狂的举动——他在房子上面绑了成千上万个气球，在一天早上他大喊一声，他的房子忽地飞起来了！他驾驶着气球房子，穿过雷电，飞往梦幻瀑布。

那是多么壮观的一幕，五颜六色的气球拽着一整幢房子在空中飞行，去实现妻子和他共同的梦想……

在他这辈子身体最糟糕、经济最拮据的时候，他才开始走向梦想的旅行；当房子腾空而起时，他才发现原来无须存多少钱就可以上路。

这就是《飞屋环游记》，每个看过的人都有自己的想法，豆瓣上的影评给我感触最深的是，如其等待，不如尝试去做你一直想做的事情。

很多时候，我们好似在等待一个机会而一举成功，抑或等待一个人来拉你一把，或者犹犹豫豫，瞻前顾后。很多时候我们把这些等待的原因归结为外部条件不具备，其实是因为内心恐慌——怕被拒绝，怕没有面子，怕浪费时间，怕损失金钱，怕得不到自己想要的结果……所以我们选择了等待。

尼尔·菲奥里在《战胜拖拉》一书中写道："我们真正的痛苦，来自于因为耽误而产生的持续焦虑，来自于因最后时刻所完成的项目质量之低廉而产生的负罪感，还来自于因为失去人生中许多机会而产生的深深悔恨。"确实是这样的。

当一个人等待与拖延的成本，远远高于他真正开始行动所需要的成本，他就慢慢陷入了越等待越不行动的怪圈。因为时常的拖拉已经让他养成了习惯。这就好似在寻找最大最好的稻穗却错过了很多本可以很早拥有的东西。

已故的著名作家史铁生在21岁的时候突然双腿瘫痪，后来又患肾病并发展到尿毒症，需要靠透析来维持生命。这对他打击太大了，他一次又一次想到了死，但是他最终悟到一个道理：死是一个始终会到来的事情，是一件无论你做什么都不会错过的事情，那你又何必这么心急呢？反正不会有更大的损失了，说不定活下去还会有额外的收获。于是他振作起来，投入创作。他的作品《我与地坛》《病隙碎笔》《务虚笔记》等鼓励了无数人。他还获得了"华语文学传媒大奖2002年度杰出成就奖"，在中国当代文学史上留下了浓重的一笔。

所以，想做什么，现在就去做，不要顾忌太多。难道我们非要像《飞屋环游记》里的那位老人一样，等到自己老了，陪伴自己左右的人离去的那一刻，才逼迫自己完成曾经想做的事情吗？告诉自己，如果不想错过太多，不想让梦想等死，那就去多尝试、多穿越！

情感修炼手记

·慢品味·

从电影《飞屋环游记》到尼尔·菲奥里《战胜拖拉》一书，到作家史铁生病后振作著书的事迹，作者告诉我们：如果不想错过太多，不想让梦想等死，那就应该去多多尝试。

·微感悟·

很多时候，等待就是懈怠。人生有限的时间里如果充满了等待，那么除了慨叹时间无情地流逝以外，你将一无所获，所有的梦想都将永远是空想。如果不想让梦想成为遗憾，那就永远不要给自己寻找等待的理由。赶紧迈开脚步，勇敢前行！

·新思考·

赶紧来一次说走就走的旅行，或者赶紧捧读一本早就计划要阅读的书籍，再或者赶紧去为父母尽一份孝心吧。穿越等待，其实不难，关键看你有没有一颗急迫的心。你准备行动了吗？

品格微语

古希腊哲学家柏拉图说过:"耐心是一切聪明才智的基础。"

用 29 年换得 28 秒

孙建勇

海涅·阿勒马涅是个巴西穷小子,生活在贫民窟,14 岁那年,喜欢足球的他在观看一场电视转播时,解说员的一句话改变了他的人生。

那时,电视上正在播放一次任意球,要求运动员在球门前禁区内站成一排,但是运动员们总也站不齐,海涅听见电视解说员抱怨道:"有没有人现在能找到一种方法,让任意球的人墙能保持在正确的位置呢?"

从此,这句话深深烙在海涅心里,他开始琢磨该如何实现解说员的愿望。当然,发明绝非一件简单的事情,海涅只是一个穷小子而已,既没有文化,也没有资本,之前也从没发明过东西,不过,他是个倔强的孩子,在此后长达 15 年的时间里,他在做矿工挣钱之余一直都没有放弃过发明新方法的念头。

有一天洗澡时,他无意中拿起剃须泡沫管,在手臂上喷出了一条线。突然,他眼前一亮:这不正是自己多年来一直在苦苦寻找的新方法吗?有了思路,说干就干。可是,海涅做出来的东西根本不实用,气味难闻,呛得人涕泗交流,喷在草坪上也很难清除,甚至像除草剂一样,使草坪枯黄一片。面对失败,海涅并没有停止继续探索的脚步。他知道,由于缺乏文化知识,这是自己必须付出的代价。接下来,他频繁拜访化工厂的工人和附近学校的化学老师，经过反复试验，终于制造出了比较理想的产品。他将植物油和丁烷丙烷气体混合，制成白色泡沫，喷出后可以保持一分钟左右，之后泡沫自行消失。这种泡沫无任何毒副作用，也不会对草坪产生任何影响。

试验成功的海涅非常兴奋，然而，由于没有资金做广告，也不认识足球圈里的人，海涅的发明一直无人问津。直到14年后，童年的一个玩伴向他伸出援手，他是一家小型化妆品工厂的厂长。

定型的产品终于做出来了，海涅开始拿着自己的产品到一家又一家足球俱乐部推销。幸运的是，他的努力很快得到了回报，巴西足协考察了他的发明后，同意在贝洛奥里藏特杯比赛中使用他的产品——人墙定位喷雾器。因为使用效果好，产品随后在巴西联赛中被广泛使用，并最终在2014年世界杯上成为比赛主裁执法标配。据统计，这种喷雾办法能使罚任意球的时间从48秒缩短至20秒。

用29年的执着与坚守换得28秒，曾经的穷小子海涅凭借自己的发明如今已成为百万富翁。不过，相对于所获财富，他更看中自己为足球比赛所贡献的那28秒。古希腊哲学家柏拉图说过："耐心是一切聪明才智的基础。"无疑，海涅·阿勒马涅的成功正是这句话最好的诠释。

情感修炼手记

· 慢品味 ·

巴西穷小子海涅·阿勒马涅14岁观看一场足球电视转播时,解说员的一句话在他心里种下了发明的种子,29年的执着与坚守,最终换得28秒的不易果实。

· 微感悟 ·

大凡成功者,必有执着的特质。海涅·阿勒马涅的发明,说大不大,说小不小。一个穷小子,既没有文化,也没有资本,之前也从没发明过东西,想要发明创造,可以说困难重重,而倔强的他经历曲折,终获成功,可谓难得。追梦,如同登山,令人叹服的不一定是速度,而是路途的险度和登山者执着的程度。

· 新思考 ·

我们身边的许多人有理想,有抱负,可是经受不了挫折,一遇不顺就打退堂鼓,最终与成功无缘。他们所缺乏的不正是这种"用29年换得28秒"的执着信念吗?

品格微语

> 人生只有走出来的美丽，没有等出来的辉煌。

人生只有走出来的美丽

周濯街

有人说我 37 岁发表第一篇作品，60 岁便成了高产作家，实属罕见。其实不然：风靡全球的摩西奶奶是美国弗吉尼亚州的一位农妇，76 岁时因关节炎放弃农活，开始了梦寐以求的绘画；80 岁时，到纽约举办画展，引起了意外的轰动。她活到 101 岁，一生留下绘画作品 600 余幅，在生命的最后一年还画了 40 多幅。摩西奶奶能做到的事儿，我们中的许多人也能做到，只要努力你我都能创造神话，只要努力你我也都能在平凡中走出自己的精彩。

困难当然有，但是天大的困难，无非两种可能："过去了是门，过不去是坎"。我相信没有过不去的坎！

心理学家曾经做过一个实验：把一只小白鼠放到一个装满水的水池中心。这个水池尽管很大，但依然在小白鼠游泳能力可及的范围之内。小白鼠落入水中后，并没有马上游动，而是转着圈子，发出"吱吱"的叫声。它在测定方位，它的鼠须就是一个精确的方位探测器。它的叫声传到水池边沿，声波又反射回去，被鼠须探测到。小白鼠借此判定水池的大小、自己所在的位置，以及离水池边沿的距离。它尖叫着转了几圈以后，不慌不忙地朝选定的方向游去，很快就游到了水池边。

心理学家又将另一只小白鼠放到水池中心，不同的是，这只小白鼠的鼠须已被剪掉。小白鼠同样在水中转着圈子，并发出"吱吱"的叫声，由于"探测器"不存在了，它探测不到反射回来的声波。几分钟后，筋疲力尽的小白鼠沉至水底，淹死了。鼠须被剪，小白鼠无法准确测定方位，以为自己无论如何都游不出去，因此停止了一切努力，自行结束了生命。

关于第二只小白鼠的死，心理学家的结论是：在生命彻底无望时，动物往往会强行结束自己的生命，这叫"意念自杀"。被剪掉鼠须的小白鼠不是被水淹死的，而是被那"无论如何都游不出去"的意念淹死了。不可否认，这样的悲剧不仅发生在小白鼠和其他动物身上，也不同程度地发生在人身上。

人生路上，每个人都可能遇到小白鼠所遭遇到的"水池"，就是所谓的逆境、困境，或者说厄运。有些人在这个时候，就像被剪掉胡须的小白鼠一样，无限夸大自己所遭遇的逆境，对处境感到无比绝望的他们放弃了最后一搏的信念，任满腔的理想、抱负、雄心壮志，全部淹死在很浅很窄根本就不足以伤害到自己的"水池"里。其实，世界上并没有绝望的处境，只有对处境绝望的人。

经过失败的打击而没有退缩的人，谓之"百败不馁"。成功在久而不在速。其实，生活中没有什么可怕的东西，只有需要理解的东西。这如同我们看黄河，从低处看，九曲十八弯；由高处看，滚滚向大海。

学在一时，"悟"在一世。当下，"悟"到：人生只有走出来的美丽，没有等出来的辉煌。

情感修炼手记

· 慢品味 ·

　　作者从自我说起,讲到摩西奶奶老来绘画风靡全球的故事,引出关于人生的思考:只要努力,你我都能在平凡中走出自己的精彩。

· 微感悟 ·

　　人生路上不会一帆风顺,难免遇到逆境坎坷、艰难险阻,只要精神犹存,梦想不灭,努力一搏,就会将坎坷变成通往成功的坦途。心理学家证实了"意念自杀"的存在,的确如此,很多失败者往往都垮在意志的崩溃上。经过失败的打击而没有退缩的人,谓之"百败不馁",这样的人才是可以笑到最后的那个人。

· 新思考 ·

　　现实生活中确实存在"意念自杀"的人,有谈癌色变者,有遭遇坎坷一蹶不振者,有遭遇难题退缩者……他们怎么可能成为真正的强者?

品格微语

如果你想得到什么，你就必须有一种锲而不舍的精神，你就必须为其付出。

付出才会得到

[美]米歇尔·史密斯　孙开元/译

那还是1970年3月的一天下午，太阳高高地挂在天上。冬天即将过去，天气逐渐暖和起来，堆在路边的积雪曾经比我的脑袋都高，现在也从外面开始在渐渐地融化。马路工人扔在雪堆上的沙子在阳光的照耀下有了温度，融化了它旁边的雪，雪又在沙子上结了一层冰，成了一个个冰球。我喜欢用脚上那双棉靴踢着这些冰球玩，它们一踢就碎，就像碎玻璃一样。

我一边走一边踢这些冰球，忽然，一个冰球裂开了，从里面露出了一个银白色的塑料卡片，上面印着法莫牛奶公司红色字母的商标。我从地上拣起了这张卡片，脸上笑开了花。我只要再收集到3张，就攒够15张这种商标了。

在1970年，如果我能收集到15张法莫公司产品上的商标，再把它们邮给这家公司，他们就会寄给我一个小盒子，里面装着10张北美冰球联赛运动员的照片。那时候，年少的我是个冰球迷，我天天盼望着能集到所有冰上英雄的照片，特别是波士顿布鲁因斯冰球队队员们的照片。

天气越来越暖和了，积雪在慢慢地融化着。我经常沿着通往我们的村子和一个个下水道的路走，雪每天都在融化着，几张印着法莫公司红色字母的卡片又从雪堆里露了出来。我看到后就捡起来，把它们带回家，洗净沾在卡片上的泥和污渍，然后把它们放在厨房的桌子上，并且准备好了剪刀。那时我还是个用不好剪刀的毛孩子，笨手笨脚地从卡片上剪下一个个商标，然后把这些商标摞在了桌子边。

"妈妈，我集齐 15 张了！"我朝卧室里的妈妈喊着。

"米歇尔，你看看，我们得把这个穷家卖了才买得起邮票和信封把它们寄出去！"她发着牢骚吼道。

"可是，妈妈！我想得到一套照片，特别是波士顿队员们的。我想把波比·奥尔的照片放在最上面，他是我的偶像。"

"我知道，米歇尔。"妈妈说着，递给我一个信封。"把地址写清楚些，这样才能寄到。"

等我把这些因为风吹雪打已经褪了色的商标全部装进去，这个信封都变了形。第二天，我把这个信封投进了邮箱，在接下来的每一天我都会问妈妈："妈妈，信寄到了吗？"

"米歇尔，我们能做到的只是把信寄出去，听天由命吧，要耐心等待。"

我叹了口气，回到了自己的屋子。我的一些朋友都早已收到了他们的照片，可我的要等到什么时候？

一个星期后，我放学回到家，打开门时看到桌子上放着一个棕色的信封，上面写着：收信人：米歇尔·史密斯。我激动得心里呼呼直跳。这是我长这么大收到的第一封信，里面装着 10 张等待着我拿出来排列好的照片。

我抓着这个信封跑进了我的屋子，两手颤抖着打开了它。是我要的照片，只可惜波比·奥尔不在里面，不过我却得到了布鲁因斯队最高得分手菲尔·艾斯波西图的照片。

我跑到住在隔壁的朋友吉米家里，向他显摆我的收获，他在那天也得到了一盒球星照片。

在后来的几个星期，我们这一群孩子每天都在马路边清扫，看有没有人们扔在那里的法莫公司的包装。在收集这些卡片的同时，我们也让整个村子成了更干净的地方。

几个星期后,我收到了另一盒球星照片,我的收获在增加。有时收到我已经拥有的一张照片,我就把它挑出来和朋友们做交换。到了那个冰球赛季快要结束时,我已经把这些球星照片收集全了,而且波士顿冰球队获得了冠军,我真为他们感到骄傲。

一晃40多年过去了,我至今还保留着这些照片。每当一张张欣赏照片时,我就会想起多年前收集商标时的那些往事。这些照片是我小时候得到的奖品,但长大后才知道,我得到的真正奖品是从中明白了一个道理:如果你想得到什么,你就必须有一种锲而不舍的精神,你就必须为其付出。

情感修炼手记

·慢品味·

通过对40多年前积攒商标换取冰球队员照片的回忆,作者让我们明白了一道理:付出才会得到。

·微感悟·

积攒卡片的过程,其实就是一个追梦的过程。尽管这个过程充满艰辛,充满许多不确定因素,但是,对于一个具有锲而不舍精神的孩子来说,这个过程何尝不是一种值得得回味的体验,又何尝不是人生的一笔重要财富?如果你想得到什么,你就必须执着,必须为其竭力付出。是的,梦想的实现也是如此。

·新思考·

积少成多,聚沙成塔。一件小事就需要坚忍不拔的精神才能做成,那么,真正要做成大事,又需要付出什么样的努力呢?

第 5 辑

及时给追梦者提个醒

培根说:"顺境中不无隐忧和烦恼,逆境中不无慰藉和希望。"追梦的过程,也就是寻求自我价值实现的过程,这个过程往往由顺境和逆境组成。身处顺境时,追梦的人可能会忘乎所以不可一世,或者自满自大懈怠不前,这时迫切需要有人给予告诫,让追梦者看到隐忧,看到不利因素,调整心态,继续前行。身处逆境时,追梦的人难免忧愁烦恼,甚至还会妥协退缩,此刻,心理强大的人会自我调节,实现自我突围;而另外一些人需要别人给予鼓励和鞭策以重新振作,继续追梦。岁月漫长,最初的梦想逐渐被淡忘时也需要一种声音及时响起,给追梦者提个醒。

及时给追梦者提个醒

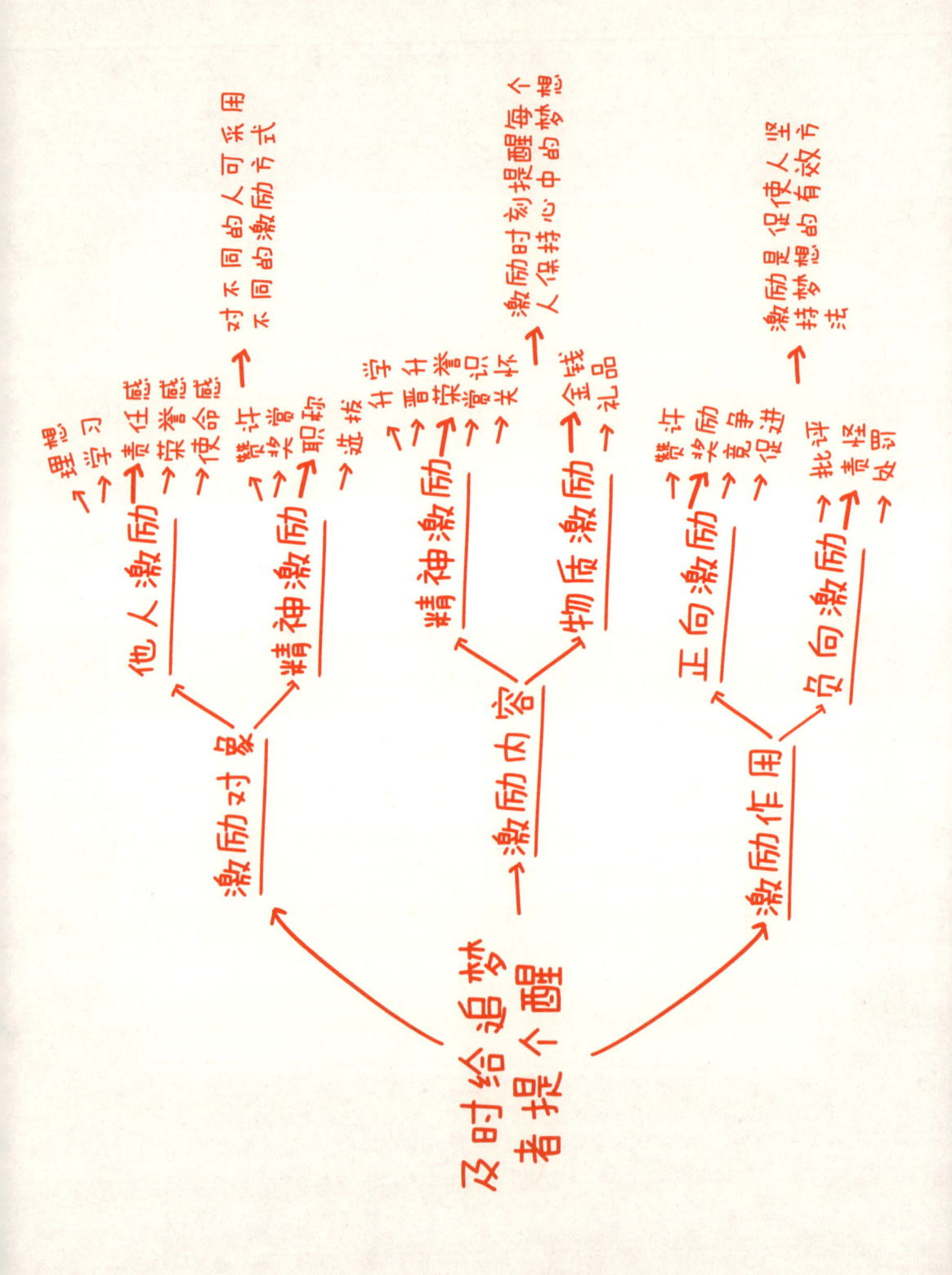

激励对象
- 他人激励
  - → 理想
  - → 学习
  - → 责任感
  - → 荣誉感
  - → 使命感
- 精神激励
  - → 赞许
  - → 奖赏
  - → 职称
  - → 进报

→ 对不同的人可采用不同的激励方式

激励内容
- 精神激励
  - → 社会
  - → 亚社
  - → 荣誉感
  - → 赏识
  - → 关怀
- 物质激励
  - → 金钱
  - → 礼品

→ 激励时刻提醒每个人保持心中的梦想

激励作用
- 正向激励
  - → 赞许
  - → 奖励
  - → 竞争
  - → 促进
- 负向激励
  - → 批评
  - → 责怪
  - → 处讨

→ 激励是促使人坚持梦想的有效方法

> 品格微语
>
> 每个有梦想的孩子，不妨用自己的方式给梦想做一个记号，让容易被岁月淡化的梦想清晰地、永久地烙在心间，从而时刻激励自己为之奋斗不止。

为梦想做一个清晰可感的记号　　孙建勇

他13岁那年，父亲因经商失败而破产，导致家中一贫如洗。为了生存，他不得不结束九年级的学业，开始在安大略省纽马克特市的大街小巷里打工挣钱，以分担父亲养家的负担。

有一天晚上，他把自己关在房间里，拿出纸笔和尺子，趴在桌子上，按照图样，非常认真地画了一张很逼真的支票。在金额栏填写数字的时候，他有些纠结，究竟该填写多少金额呢？他首先写下一个"1"，想了想，在"1"后加上了6个"0"，拿起来，对着灯光看了好一阵，又想了想，工工整整地又添加了一个"0"。个，十，百，千……他用笔尖点着那串"0"逐个念了一遍，没错，这是一个梦幻般的数字：1000万加拿大元。最后，他学着父亲当年的样子，潇洒地签上自己的名字。一切搞定后，他把"支票"放进自己的皮夹。

从此，这张支票一直跟随他19年。在这19年里，他付出了多过别人数倍的努力，留下一个又一个坚实的脚印。15岁时，他在父亲的帮助下，走上喜剧表演之路，在多伦多一家喜剧俱乐部演出；几年后，他到美国洛杉矶谋求发展；19岁时，他成为可以独立制作节目的喜剧演员，以善于模仿名人而小有名气；24岁时，他开始涉足影坛，从小龙套角色演起，刻苦磨炼演技，逐渐形成了自己独特的无厘头表演风格；32岁时，他凭借《神探飞机头》中令人捧腹大笑的精彩表演而大红大紫，成为好莱坞拿到2000万美元片酬的超级巨星。

这就是被誉为"好莱坞喜剧天王"的加拿大裔美籍演员金·凯瑞为自己开具支票的精彩结局。

也许，很多人在小时候都有一个或者多个梦想，但是，随着岁月的流逝，梦想一个又一个被遗忘，最终都"泯然众人矣"。金·凯瑞则不同，他知道把梦想进行量化，变成可以感知的数字，牢记在心，并为之努力，最终走向成功。显然，他为自己所开具的1000万元支票，是一种用作激励自我的符号。

所以，每个有梦想的孩子，不妨用自己的方式给梦想做一个记号，让容易被岁月淡化的梦想清晰地、永久地烙在心间，从而时刻激励自己为之奋斗不止。

情感修炼手记

· 慢品味 ·

把梦想量化的金·凯瑞让一个梦想的数字激励自己不断努力，直到梦想成真。

· 微感受 ·

很多时候，一些虚无的东西一旦量化了就显得真实和可近了，梦想也是如此。梦想，潜藏于心，往往会被人淡忘。但是，如果将它具象化之后，它就会变得真实可感，呈现在你的面前，从而不易被遗忘和抛弃。梦想一旦有了记号，就是可以看得见的希望，就是时刻鞭策自己的一种动力。

· 新思考 ·

如果你还有尚未实现的梦想，为什么不学一学金·凯瑞，也给梦想做一个记号呢？它可以是一个单词、一句话，也可以是一张照片。

品格微语

> 成功就是先想一下十年后自己会怎么样,然后倒数回来,看看明年该做什么,今年该做什么,现在该做什么,然后去行动。

不如倒数一下未来十年

李耿源

1974年10月,一个女孩出生于浙江衢州。女孩的父亲是电影院工作人员,从3岁那年起,父亲就经常带女孩到电影院。渐渐地,女孩被神奇的光影世界迷住了,每次电影开场的瞬间,女孩都觉得自己进入了时空隧道,在电影的世界里旅行。

那时女孩就有一个梦想,长大了要成为电影中的一个人,无论什么角色,她都愿意。这个梦想直到女孩18岁就读于浙江艺术学校时,仍是那样简单。能唱唱歌、跳跳舞,偶尔有导演找她去拍戏,无论多小的角色,她都兴奋得忘乎所以。那几年,她先后参演了《古墓荒斋》《风月》《胭楼记》《女儿红》等影片,虽然都是小舞女、小丫鬟之类的小角色,但她很满足、很开心。

直到有一天,女孩的想法突然来了个大转变。

那是1993年5月的一天,教女孩专业课的一位老师突然找她谈话:"你能告诉我,你对于未来的打算吗?"

女孩愣住了。她不明白老师为何突然问如此严肃的问题,更不知道该怎么回答。

老师继而笑着说:"放松一些,我就是想让你想象一下,十年以后你是什么样子。"

女孩松了一口气,但仔细一想这个问题,心情突然沉重起来。沉默许久,女孩看着老师的眼睛,忽然坚定地说:"我希望十年后的自己成为国内最好的女演员,同时可以发行一张属于自己的音乐专辑。"

老师问:"你确定了吗?"

女孩慢慢地咬紧嘴唇回答:"Yes!"而且拉了很长的音。

老师接着说:"好,既然你确定了,我们就把这个目标倒着算回来。十年以后,你28岁,那时你是一个红透半边天的大明星,同时出了一张专辑。"

"那么你27岁的时候,除了接拍各种名导演的戏以外,一定还要有一个完整的音乐作品,可以拿给很多很多的唱片公司听,对不对?

"25岁的时候,在演艺事业上你就要不断进行学习和思考。另外在音乐方面一定要有很棒的作品开始录音了。

"23岁就必须接受各种培训和训练,包括演唱方面和表演方面的,不仅仅是学校里学的这些。

"20岁的时候,你在演戏方面就要接拍一些重要的角色了,然后开始确定一下自己的演唱风格,寻找适合这种演唱风格的词和曲。"

老师的话说得很轻松,但女孩却感到一阵恐惧。她心想,照这样倒算回来,我应该立即开始为自己的目标而行动了。我不能再为只演个小丫鬟小舞女之类的角色而沾沾自喜。

老师的话从那天开始一直刻在了女孩的心里。"想想十年后的自己。"女孩意识到这是一个问题的时候,她发现自己整个人都觉醒了。

一年以后，女孩从艺校毕业。她始终记得，十年后要成为一线明星，要出自己的专辑。于是，她开始很认真地筛选角色，在《人间四月天》里，人们从荧屏上看到那个睿智优雅，眉宇间闪烁着高贵而忧郁的一代才女林徽因；在《大明宫词》里，是她让我们认识了太平公主年幼时可爱单纯的一面；在《像雾像雨又像风》里，她又让我们看到了杜心雨的灵秀……2003年4月，恰好是老师和她谈话的10周年，不知是偶然还是必然，她居然真的拥有了属于自己的第一张专辑——《夏天》，而且绝对是风头正劲的一线女明星。她过人的悟性和独有的灵气令陈凯歌、李少红、张纪中、冯小刚、陈可辛等与她合作过的知名导演印象深刻，无数观众被她的演技征服，人们称她为"落入凡间的精灵"。

她的名字叫周迅。

后来，周迅又成功地演绎了《如果·爱》《夜宴》《李米的猜想》《画皮》等影片里的主角，从影18年，她已是百花、金像、金马、金鸡影后，还是亚洲影后。

周迅的成功告诉我们，成功就是先想一下十年后自己会怎么样，然后倒数回来，看看明年该做什么，今年该做什么，现在该做什么，然后去行动。这样，你会发现，你的人生在不知不觉中发生变化，你离自己的梦想也越来越近！

情感修炼手记

· 慢品味 ·

周迅自小梦想成为演员,在出演过一些小角色后便有些自满。幸运的是,在这个关键时刻,她的老师及时给她以人生指导,使她猛然醒悟,从此她对表演更加用心,最终成为受人喜爱的明星。

· 微感悟 ·

好的激励办法能够收到事半功倍的效果。周迅的老师采用了一种新颖别致的方法来给周迅"纠偏":让她倒推自己追逐梦想的过程。这就像一个魔法师交给你一块魔镜,让你看到自己的未来,这对心灵的冲击无疑是巨大的,也是难以忘怀的。追梦的脚步难免会凌乱,能够得到智者及时有效的指点,真的是一种莫大的幸运。

· 新思考 ·

给懈怠者以鞭策,给遇挫者以鼓励,给失败者以信心,这是每一个为人师者的责任和担当。如果你是一名老师,你该怎样有效地施与你的影响?如果你是一名追梦者,你是否认真地倾听过他人的声音?

品格微语

一滴水可以折射太阳的光辉，一件事可以折射我们的灵魂。选择了目标，我们就要越挫越勇，勇往直前！只有这样，我们才能使自己的故事成为传奇！

让你的故事成为传奇　王飙

离开了青海湖边的黑马河，我和骑友一木很快便扑进了橡皮山的怀抱，原本平平坦坦、温情脉脉的 109 国道，骤然间变成了一个虎眉倒竖、怒目圆睁的大坡哥，路，一下子成了吸力的黑洞。山地车的前牙盘换成了最小轮，后牙盘换成了最大轮，双脚吃力地踏蹬，链条与牙盘咬得"咯吱吱"的直响，就这样，骑速也不比推车快多少……

如果只是上坡，速度慢就慢点吧，还是可以接受的，可进了大山深处不久，才发现人行在峡谷里，如走在风洞中无异，风头如浪，一个接一个地打得你都有些站立不稳，推车前进都非常困难，更别说骑行啦！一座橡皮山就翻了七八个小时。第二天，从茶卡出发，一上路就被烈烈的西风吹得晕头转向，尽管路平坡缓，这一天，我们还是骑了十四五个小时，拼死拼活，才在晚上十点到达都兰！

在宾馆一住下，一木就躺在床上哀叹："我何苦要来受这份罪啊！我不骑了，不骑了！我明天就把自行车寄回家！"

看着一木接近崩溃的样子，我笑了起来，问他："那你当初为什么要选择骑行青藏线呢？"

一木说:"不是感觉生活太单调,想寻求一点变化吗?谁知道会是这样啊!"

我说:"青藏线对于我们骑行者来说,是一条充满极限挑战的天路。你来了,敢于接受挑战,就已证明了你的勇气!但是,路途之中变化莫测,什么样的事情都有可能发生。难道一阵风就吹垮了我们的意志?"

我说到这里,一木心有所动,他一下子从床上坐起来,说:"王大哥,你继续说下去。"

我说:"其实,这次骑行拉萨,应该说也是我们生命中的一次重要的修行!如果我们选择了做一件事,却总是遇难即退,遇险即收,那我们一生又会有何作为?一滴水可以折射太阳的光辉,一件事可以折射我们的灵魂。选择了目标,我们就要越挫越勇,勇往直前!只有这样,我们才能使自己的故事成为传奇!旅如人生,人生如旅,如果我们一生都以这种积极进取的心态来成就自己的梦想,那么,我们的人生也必定是传奇的人生!"

一木笑了,他说:"王大哥真会激励人!我喜欢'使自己的故事成为传奇'这句话,我要把这句话当作我的座右铭,让它激励我一辈子!都说年轻就是资本,但是,这资本,还得我们像王大哥说的这样会经营,才能有价值啊!"

情感修炼手记

· 慢品味 ·

　　作者和骑友一木一起骑行到拉萨,可是,青藏线是一条充满极限挑战的天路,途中,一木几近崩溃,但是,在作者的激励下,他重拾信心,决定踏上征程,完成这次艰难的骑行。

· 微感受 ·

　　追梦的路上总会有很多困难,这些困难常常会使人懈怠甚至想要放弃,此时激励的话语会显得弥足珍贵,就如春天的雨露滋润着干涸的生命。无论我们的梦想最终能否实现,那些激励的语言都会让我们在追梦的路上重拾前行的勇气,在记忆中留下抹不掉的痕迹。"使自己的故事成为传奇"是一木的座右铭,也应该是每一个追梦者的座右铭。

· 新思考 ·

　　每个人的追梦之旅都不会一马平川、一帆风顺,遇到困难挫折时,我们该怎么办?别人遇到困难退缩沮丧时我们又该怎么做?

> 品格微语

> 17年蝉不需要别人施舍一对翅膀，它只有靠自己才能展翅高飞。

17年蝉的飞翔　　林华玉

高中毕业后，十八岁的我跟随老乡去了千里之外的一个城市打工。但是做了半年工，到头来，包工头却卷着我们的血汗钱跑了。大家花了好一段时间也没有找到包工头，只好无奈地分散，有的重新找活计去了，还有几个心灰意冷，回老家去了。

我选择留在城里继续找活，找来找去找了半个月，也没找到合适的工作，而我已经两天水米未进，实在是走不动了，就在马路旁一棵树底下闭目休息。

我听见一阵脚步声由远及近，到我身边却停了，迷迷糊糊中，我听见有个声音说："这人……腿也残疾了……真可怜……"我睁眼一看，几个中年女士已经过去了，但是我的面前放着几张面额不等的钞票。

这是怎么回事？我下意识地摸了一下脸：瘦，胡子也已经长长了，此时，我的腿蜷缩着，从某个角度看，还真像少了一条腿呢！我明白了，人家是把我当成肢残的乞丐了。

又有几个人走了过来，我赶忙闭上眼睛装睡，脚步声过去，我赶紧睁眼看去，地上又增加了几张纸币。

一天下来，我数了数收到的施舍，竟然有一百多元，这都顶的上我两天的工钱了。

就这样，我干上了乞丐的行当，自然，我认真地化了化妆，使自己更像是一个因为肢残不得已才做了乞丐的人，而且每次当那些好心人问我怎么残疾的时候，我就发挥我上学时喜欢写作的长处，编一个凄惨的故事：家庭困难，在一家小煤窑挖煤，一次事故中腿被砸伤了，矿主不但不管不顾，还在一个黑夜将我用车拉到了这座城市，扔下车了事……我讲到动情处，还辅以泪水和啜泣，因为我知道，只要让他们相信我的故事是真的，我就会收到更多的施舍。

这一天，我眼前来了一个十六七岁的女孩，她长得很漂亮，但遗憾的是，她坐在轮椅上，看来是下肢瘫痪。她看了看我，轻轻地问："哥哥，你的腿是怎么残疾的？"我故伎重演，泪流满面地给她讲了"我"的故事。

或许是同病相怜的缘故，那女孩听完"我"的故事，泣不成声，临走，将口袋里所有的钱都掏给了我，而且以后每隔一些日子，这个叫娟子的女孩就要来一次，给我一些钱，而她从我这里得到的，只有一个"强子"的化名还有那个子虚乌有的煽情故事。

有一天，娟子又来到我的身边，她的神情有些悲凄。我忙问出了什么事情，她说："强子哥，我要出远门了，以后或许再也见不到你了。"问起来我才知道，她就要去省城做腿部手术了，这是省城医院开设的一种试验性的手术，一旦做好，她就可以站起来了，但是风险性也很大，一旦失败，就会全身瘫痪。她的父母一听，就想打退堂鼓，但是娟子的态度却很坚决。为了能下地走路，愿意付出任何代价，包括死亡。

听完她的话，我心里酸酸的，于是我鼓励她勇敢面对生活，好好活下去，还说她是好人，老天一定会眷顾她，手术一定会成功的，她点点头，说："让我们一起努力，像一只 17 年蝉一样飞翔好吗？"

接着，娟子给我讲了一个 17 年蝉的故事。

北美洲有一种蝉叫 17 年蝉，别的蝉的幼虫在地下蛰伏 3 到 5 年，而这种蝉的幼虫要在地下蛰伏 17 年。17 年满，上亿只幼虫就会同时钻出地洞，爬向附近的树蜕变成蝉。因为 17 年间，外部环境已经有了很大的变化，许多 17 年蝉根本受不了外边的环境，所以就有约 2/3 的幼虫在为飞翔的梦想破茧而出的时候力竭而死。有热心人为了帮助它们，把蛹的洞口剪大，可是，所有接受施舍、轻易见到天日的 17 年蝉，不但失去了健全的翅膀，而且还失去了能够爬行的腿，很快就死去了！

娟子走了，我在昏黄的路灯下，品味着这个故事，特别是最后一句话。17 年蝉不需要别人施舍一对翅膀，它只有靠自己才能展翅高飞。

那一晚，我彻夜未眠。

第二天一大早，我就离开了我的乞丐窝，先去澡堂洗了一个澡，然后给自己买了一身合体的服装换上，接着又去理发店剪了头发，收拾得精精神神的，踏上了求职之路。尽管前途渺茫，但是我坚信，我这只 17 年蝉终有展翅高飞的一天。

情感修炼手记

·慢品味·

在城市失业后,"我"心灰意冷,像个乞丐一样靠别人的施舍活着,但下肢瘫痪的娟子用17年蝉的故事唤醒了"我",让"我"重拾了生活的信心。

·微感悟·

有种蝉的幼虫要在地下蛰伏17年,才能蜕变成蝉,任何投机取巧都会让它们功败垂成。梦想的实现就如同蝉的蜕变,不经过时间的磨砺,不懂得付出,又怎么可能成为现实?一则故事,一个启迪,一只蝉让一个颓唐者振作起来,重新去追梦,重新去找回做人的尊严。与其说这是一只蝉的力量,不如说这是一个颓唐者自我的觉醒。

·新思考·

反观我们自己,在遇到挫折时,我们是否能够从一只动物、一幅画作,或者是一场电影中得到启迪?是否能够让当初的梦想重回心中?

> "那就是我成功的秘诀。"他说,"即使是住在地下室里,我们也应该给自己画一扇窗户,让心灵照射到梦想的阳光。"

给地下室画一扇窗　周华诚

"和你同龄的军子,每个月都往家里寄钱呢。"父亲坐在灶头抽旱烟,一直皱着眉头,半天才说:"你还是不要复读了。"听到父亲的话,他没言语,点点头,泪水不争气地掉落。

进城打工,什么手艺也不会,看到一个小吃店要洗碗工,他就去了。每天干到半夜,洗那些油腻的碗盘。回到那间只有7平方米的地下室,他累得趴在床上起不来。

干了一个月,他领到第一份工钱就跳槽了。他想,碗洗得再好又能如何?他想做厨师。结果跑了好几家小餐馆都没人要他。到第6家时,人家问他会烧什么菜,他老实地回答会烧家常菜。老板答应留下他,试一天。中午,有位客人拎着一只甲鱼让店里加工。"你把这只甲鱼烧一下。"听到老板这句话,他当时吓出一身冷汗,从哪里下刀都不知道。一个客人在旁边,说:"你把脚踩上去……"半天才把甲鱼杀了。怎么烧呢?他想起邻居炖海鲜,喜欢放香菇、火腿肉,他只好照这个办法试。烧好,客人一尝,说:"炖得不错。"他高兴极了。

晚上还是碰到了难题。客人点的很多菜他连菜名都没听说过。他站在炉灶旁束手无策,老板也看在眼里。于是他就偷看人家怎么烧。红烧胖头鱼、水鸭绿豆面、宁式鳝丝。看完三个菜，老板说："请你另谋高就。"他只好打包出门。

刚学会的这三道"拿手菜"让第 7 家酒店的老板点了头。那两天，他最早上班，打扫厨房，准备菜料，自己买了一包烟，给大厨递烟。大厨教给他很多烹饪基础知识，他也学到了烹饪海鲜的几个常用手法。可好景不长，几天后，因为烤焦了一只鸭子，老板炒了他。

他吸取了教训。一道外黄里嫩、喷香扑鼻的烤鸭令第 8 家酒店的老板喜笑颜开。在那里，他为了学到蒜蓉汁、葱油汁、剁椒汁是怎么熬制的，晚上请大厨去吃消夜，点了几个要用汁的菜。大厨一边品尝，一边点评，调味如何，火候怎样，用料合不合理……他一一记在心里……

第 15 家店是他炒老板的鱿鱼——他觉得在那家店里做，没有什么技术好学。在每一家店，他都学到了自己缺少的东西。上一家失败的经历，成为他赴下一家的经验。他的"招牌菜"也越来越多。

2 年后，他成为一家酒店的大厨。3 年后，他是另一家酒店的首席厨师。4 年后，他在城里承包了一家饭店的厨房。那是当地规模最大的酒店。他请了 4 个厨师，总共 18 个人。

这家酒店的厨房正常运转后，他自己到全国各地拜师学艺。到杭州向杭帮菜大师取经，到四川向川菜大师学习，下广东学煲汤的奥秘……

在他承包的厨房生意蒸蒸日上，每月营业额达 100 万元时，他又做出一个让人不解的决定：到一家四星级大酒店厨房打杂，月工资 500 元。

端盘子、洗厨灶……最脏最累的活都归他。从原来的"总厨"到一个"打杂的"，他没有一点抱怨。厨房的水、油、灶和各种电器、卫生，他做得井井有条。半个月后，饭店的香港厨师长要炸鱼丸，没想到他已把要用的调料全部配好，厨师长立即对他刮目相看，了解他的情况后当即把他升为副厨，月薪 1800 元……后来，他放下副厨的职位，申请去做传菜员，对饭店的前厅和后厨管理提出了建议，被管理层采纳。

现在，他是北京一家餐饮集团的老板，他的公司承担着北京、上海、石家庄、乌鲁木齐等地30多家酒店的厨房事务。

作为他家乡的记者，我在北京采访了他。他开着车，把我带到一间阴暗、潮湿的地下室出租房，那是他最初的落脚之地。让我惊讶的是，在那样阴暗的一面墙上，画着一扇窗户。窗户里贴着一幅阳光灿烂的画。

"那就是我成功的秘诀。"他说，"即使是住在地下室里，我们也应该给自己画一扇窗户，让心灵照射到梦想的阳光。"

情感修炼手记

· 慢品味 ·

进城打拼，虽然一次次遭受挫败，但"我"始终不忘当厨师的梦想，并从失败中汲取教训，终于由小职员变成了大老板。

· 微感悟 ·

身处地下室，或许眼里看到的全是阴暗，给自己画一扇窗，让心灵照射到梦想的阳光，那么，眼前的阴暗就不会使你退却犹豫，你就能满怀希望和必胜的信念，继续朝着梦想进发。成功哪有秘诀？无非就是想方设法让梦想的种子晒晒太阳，不至于霉变。

· 新思考 ·

假如你的梦想笼罩着雾霾，你是否会整天抱怨不止，是否惶恐不已？其实，抱怨和惶恐解决不了任何问题，保持一种积极的心态才是明智的选择。

品格微语

> 不放弃，梦想之树总有一天会枝繁叶茂。

不要因枯叶而放弃梦想之树

李耿源

贺磊读初中时学习成绩并不好，数学最差的一次才考了9分。中考时，他只被一所电力技工学校录取。母亲想让他复读一年，争取考上高中将来上大学。但贺磊还是决定去读技校，尽管听说读这所技校的学生毕业后大多去"爬电线杆"。

他去读技校有一个重要原因，那就是有较充裕的时间可以捣腾他的爱好。贺磊从小喜欢音乐。喜欢听，喜欢唱，特别喜欢背歌词，拆歌词。他还痴迷古诗，把古体诗、近体诗、词、曲的格律、平仄、押韵研究得很透。他常把流行歌曲的歌词拿来琢磨，然后试着自己写。古诗词给了他底蕴和文气，音乐则给了他灵动的诗情和想象的翅膀。

1999年，16岁的贺磊还在读技校。正逢新中国成立50周年，他创作出了第一首歌词《都说》献给祖国。歌词得到了词作家吴传义和作曲家王远生的好评，并被谱了曲，由青年歌手郑海滨演唱。

2000年，技校毕业后的贺磊果然应聘到电力公司"爬电线杆"。但从电线杆上下来他便捧起书本。他先后参加大专和本科的自学考试。有工友笑他："乌鸡还能变凤凰不成？"的确，之前也有个别工友参加自考，但都因为课业太难半途而废。

而他坚持了下来，最终获得大专和本科毕业证书。

有一段时间，贺磊主持一个著名歌星网上歌友会论坛。他这才知道，原来歌坛并非圣殿，一些歌手为了私利与词曲作者闹得不可开交。这时便有人鄙夷他："作词这条路要成功成名太难了，何况你还只是个爬电线杆的。"

坚持，还是放弃？这一度让他迷茫。有一回他在野外作业时，发现一棵树只剩孤零零的几片枯叶，认为这棵树已经枯死。可当他爬上电线杆才发现，这棵树的枝丫上竟然冒出了新芽，他猛然顿悟：怎么能因为几片枯叶而放弃一整棵树呢？

从此，他把业余时间都投入到研究歌词上，沉下心来创作，有时一个晚上就写好几首。他的作品开始引起一些音乐人的关注。著名歌唱家于文华看了他的词作品后，评价说："词能接地气，贴近生活，饱含深情。"经于文华引荐，他结识了不少国内著名的词曲作家，并且与他们有了一些合作。

《百姓的事比天大》就是贺磊与知名音乐人合作的代表作之一。这首词以当时的温家宝总理为重庆农民工讨薪一事为题材，以总理走近普通百姓为着眼点，通过描写总理亲民、爱民的一个个细节，用质朴的语言写出国家领导人关爱人民群众的形象。词创作出来后，由首都师范大学音乐学院作曲系教授、著名作曲家尹铁良作曲，于文华演唱。于文华还将这首词的标题用作她最新专辑的名称，并将这首歌收入专辑。这张专辑获得中央人民广播电台民歌榜中榜"最佳民歌专辑奖"。

从生活中提炼，以抒情见长，大多富于人情味，这是贺磊词作品逐渐形成的特色，他的作品受到越来越多音乐人和老百姓的喜欢。如今，他创作的近百首歌词被谱成歌曲后，被于文华、赵秀兰、曹芙嘉、小曾等歌手公开演唱，其中7首被收入到于文华的两张专辑中。他作词的音乐电视作品《情深似海》已在央视滚动播出三十余次。他的作品曾获共青团中央最高文化奖项——第九届精神文明建设"五个一工程"优秀文化作品奖。音像出版社正式推出他的两张作品专辑——《我思念的兄弟》和《我用歌声祝福你》。

一个爬电线杆的工人也能成为一名词作家，他的成长经历告诉我们——不要因为几片枯叶而放弃梦想之树。不放弃，梦想之树总有一天会枝繁叶茂。

情感修炼手记

·慢品味·

坚持还是放弃？怀揣音乐梦想的贺磊在迷茫之际受枯树上冒出新芽的启示，决定坚持自己的梦想，最终他的梦想之树变得枝繁叶茂。

·微感悟·

枯叶常有，就像黑夜总会每天准时来到，不过，有人会因为黑夜的漫长而怀疑东方的太阳再升起吗？因为几片枯叶而放弃梦想之树是多么可笑！梦想之树是珍贵的，除了几片枯叶，它还有更多鲜活的部分，要知道那才是它的主体。在追梦的漫漫征途中，我们一定不能因为遭遇几块绊脚石，就停止自己的脚步。

·新思考·

当下，全民追逐中国梦，在这个时代的主旋律中难免有杂音。作为新时代的青年，你会因此停止追梦的脚步吗？你又会怎样呵护你的梦想之树？

品格微语

从此，我把自己当成一口笨井，努力挖掘，直到现在，我铲除了人生路上的很多泥土羁绊，拥有了蓬勃的事业和甜蜜的生活。

我是一口笨井　王月冰

我小时笨拙，几乎算得上愚钝，学习成绩很不理想。每次辅导我作业，姐姐都会气得脸红脖子粗，直嚷嚷："你怎么这么笨！你怎么这么笨！"后来，我干脆不学了。虽然也还背着书包去学校，可上课只顾闲玩，放学后也不再做作业。父亲问我为何这样，我有些惭愧和无奈地回答他："我笨，做作业也没用。"父亲愣了一下，然后说："还是做吧，无论如何，做比不做好，否则，你连自己是不是真笨都不知道。"父亲的话有些绕，我似懂非懂。

有一年夏天，镇上公用的几口井被污染，水不能喝了，于是家家户户都忙着自己打井。有的人家地势好，稍微挖挖水就冒出来了，不费多少力气就打好了井。有的人家却挖上好些天，打得很深也不见水，只好换远的地方重新打井，然后埋很长的水管将水接到家，有时水管被车子碾坏，又要去换，甚是麻烦。

我家当然也要打井，母亲说我们的邻居都没在近处打出水，我们也不要试了，干脆到三百米之远的菜园里去挖一口吧。父亲摇头，执意要在门口挖，说肯定能挖出水。父亲转过头对我说："你帮我忙，咱们一定能挖出水来。"

我和父亲挖了十多天，井挖了十多米，可是一直不见水。家人和邻居都劝我们不要再挖了，再挖也没用。父亲却倔强得很，他鼓励我，也鼓励自己："肯定有水，只是要深一点，这样的井水更清澈甘甜。"我想放弃，可是看父亲那么认真，只好继续跟着他干。井洞越深，挖起来越艰难，一小袋土吊上来要好半天，可是满身是土的父亲仍旧坚持。村民们路过都会过来看看，然后摇摇头，说："可真是一口笨井呀。"

终于有一天，父亲从井底下欢呼："有水啦，有水啦！"我不知道父亲是何时带下去一个小水壶的，他上来后急切地要我喝一点壶里的水，说："孩子，很甜的。虽然还没淘好井，水有些浑浊。你尝一点试试。"我尝了一下，果然好甜好凉！

淘好井，做好井面、井盖，井水疯涨，很是喜人。父亲却不让我们喝了，他舀了一壶，去了县里的自来水公司。父亲回来后很兴奋，说："自来水公司的工作人员给我验过了，我们的井水水质很好，可以放心地喝。"那天晚上，母亲准备了丰盛的饭菜庆祝，父亲第一次要我喝了一点酒，说："孩子，再笨的井也能打出清澈甘甜的水来，只是有的水上土层厚，有的水上土层薄。我们可以承认自己是口笨井，但不能承认是死井。你懂吗？"父亲又补充："如果水上土层厚，咱就多出点力，多流些汗，没什么大不了！"

父亲的话，像那口井一样，似乎打通了我的悟性。从此，我把自己当成一口笨井，努力挖掘。直到现在，我铲除了人生路上的很多泥土羁绊，拥有了蓬勃的事业和甜蜜的生活。当然，我仍在努力。

有意思的是，二十年多年后的某一天，我读到著名作家村上春树先生类似的一段感悟，他说："艺术家有两种类型。一种是地表附近就有油层，会源源不断奔涌而出（所谓天才型），还有一种是非得挖掘到地下深处才能遇到油层。很遗憾我不是天才，只好孜孜不倦地挥舞鹤嘴镐，不停挖掘坚硬的地层。但拜其所赐，我相当精通挖掘地层的工作，因此还长了一身肌肉。所以今后只要把这项工作照样继续下去即可。"是呀，连大师都说还要继续"孜孜不倦地挥舞鹤嘴镐"，何况像我这样的笨井呢！

情感修炼手记

·慢品味·

作者通过儿时和父亲辛苦挖出井水的经历,明白了一个简单的道理:笨鸟先飞,勤能补拙。

·微感悟·

挖井的过程,更像一个追梦的过程。文中的父亲像一位看透世事的哲人,他挖井的执着和言语中包含的智慧哲理,成就了儿子的美好人生。我们可以承认自己是口笨井,但不能承认是死井。这是父亲送给儿子的人生箴言,也是献给所有追梦者的成功秘籍。

·新思考·

在激烈的竞争中,如果你的天赋的确不如他人,你是自惭形秽、自暴自弃,还是直面不足、以勤补拙?

品格微语

让青春年少者拥有一颗梦想的种子固然重要,而让他们时刻惦记着这颗种子则尤为关键。

谁是你的英雄　孙建勇

很多年前,有个人问一个15岁的少年:"谁是你的英雄?"少年自信满满,拍着胸脯回答道:"10年后的我!"

几年后,少年就读于德克萨斯大学法学院。大三那年,他想,如果按部就班从法学院毕业,然后取得律师执业证,起码要等到28岁才能让所学的东西有用武之地。果真如此,那20岁到30岁这段最宝贵时光已经基本过完,而当年设定的25岁成为英雄的目标也就彻底泡汤了。经过一番内心斗争,他决定寻找一条比当律师更便于成功的道路,最终,他选择从事表演。

22岁时,他大学毕业,开始接拍学生影片和广告片,还导演了一部短片,24岁时,又出演了电影《年少轻狂》。然而,他并未一炮而红成为众人瞩目的"英雄"。25岁生日时,那个人再次追问他:"现在的你,是个英雄吗?"他非常尴尬,答道:"不是,一点儿都不是。"

可是,接下来的打拼依然起色不大。他先后出演了很多部电影,都没有获得他所期待的那种成功。因为,他出演的只是浪漫喜剧片里的花瓶角色。35岁那年,那个曾经追问他的人已经老迈,却仍然没有忘记追问他:

"现在的你，是个英雄吗？"

每一个能被称为"伟大"的演员，都需要一个能充分展现演技的角色。2012年，电影《达拉斯买家俱乐部》的导演找到他，让他饰演一个艾滋病患者。他知道这角色意味着什么。为了演好艾滋病患者，他倾注了所有才情，并且减重13.6千克，使自己脸颊深陷，以求与病入膏肓者形神皆似。

付出终有回报。2014年3月，凭着这次出色的表演，他终于登上了演员生涯的顶峰——荣获第86届奥斯卡最佳男主角奖。他，终于成了一个"英雄"。他就是美国影星马修·麦康纳。这一年，他正好45岁，而那个曾经追问他的人，则早已长眠于地下。那人不是别人，正是马修·麦康纳的父亲。站在领奖台上，马修·麦康纳动情地说："我相信我的父亲现在肯定正在天上跳舞，谢谢他教会我如何成为一个男人。"

每个人的青春里都会有梦想的种子，可是，并非每个人的梦想都能开花结果。为什么呢？因为播下种子容易，照料种子却很难。随着青春的流逝，很多人会忘记年少时播撒的梦想种子。马修·麦康纳的梦想能够开花结果，得益于他一直没有忘记15岁时播下的梦想种子，并用30年的时光予以照料，而他之所以没有忘记，则是因为一直有个追问者在提醒。所以，让青春年少者拥有一颗梦想的种子固然重要，而让他们时刻惦记着这颗种子则尤为关键。

情感修炼手记

· 慢品味 ·

现实的挫折没有使马修·麦康纳放弃梦想,因为总有一个人在提醒他曾经有过那样一个梦想。经过努力,在45岁时,他实现了15岁时的梦想。

· 微感受 ·

年少时的梦想往往很大,很单纯,因为那时不曾想过会有多少磨难和挫折,也不曾料到有一天梦想可能会被遗忘。马修很幸运,他的梦想一直被父亲照料着,提醒着。正因为有了这种照料和提醒,马修才没有把梦想遗忘,才有了一直奋斗下去的动力。

· 新思考 ·

岁月流逝,你还记得儿时的梦想吗?如果那个梦想已经模糊不清了,请赶紧擦去那上面的灰尘。重拾初梦,你又会怎样给它保鲜呢?

第6辑

有时候新的梦想会更美

　　生活是复杂的，环境是多变的，所以，我们的梦想不一定非得从一而终。追逐梦想的过程中，有时候，随着条件和环境的变化，不是一条道走到黑，而是懂得在恰当的时候及时转身，进行理性的重新定位，追寻新的梦想。大文豪巴尔扎克曾经很形象地说："在人生的大风浪中，我们常常学船长的样子，在狂风暴雨之下把笨重的货物扔掉，以减轻船的重量。"巴尔扎克讲的就是一种调整，一种取舍。懂得评估分析，懂得及时转身，懂得调整脚步，不是溃逃，是战略转移。其实，有时候，新的梦想会更加美好。

有时候新的梦想会更美 →

定位 → 自己 → 找准自己的位置,立足当下
    → 目标
    → 障碍 → 建路

改变 → 不足 → 改掉自己的不足,与时代相适应
    → 落后
    → 不宜

坚持 → 信心 → 坚持到底,把自己的路走完
    → 勇气
    → 意志

品格微语

> 一颗普通的沙粒，要想成为色彩瑰丽、气质高雅的珍珠，首要条件不只是找到历练自己的贝壳，更要找到贝壳之外成全自己命运的大海。

找到自己的海

迩半坡

他出身平凡，贫困低微。刚入学时，努力学习数学，梦想成为数学家，而他的基本心算却是班级里最慢的。时世艰难，几年后学校被迫关闭，他只好回到家中。

不久，父亲病逝，母亲改嫁。迫于生计，他被母亲送进工厂做童工。他自幼喜欢唱歌和表演，11岁时又幻想成为一名歌唱家或演员，但被沉重的工作压力累得喘不过气来，头晕眼花。

14岁，他哭着闹着向母亲哀求，发誓去当演员，想成为明星。母亲拗不过他，任由他离开家乡，独自前往大都市寻找梦想。然而，在偌大而陌生的城市，没有一家剧团愿意接纳他。

他走投无路时，忍饥挨饿，以打零工为生。后又改变兴趣和方向，他去舞蹈学校学习舞蹈，转而幻想成为舞蹈家。很快，他在面对公众时总是感觉放不开，他猛然清醒了许多，原来自己缺少的正是表演天分，当不了明星。

早年，他受父亲的影响，酷爱文学，加上有阅读古典名著的习惯，这一次，他又改变志趣，认为自己只要勇于创作，一定能够登上文学高峰。

17岁，已认定当不了演员又成不了歌星，他却以天才般的灵感和才华写出了一部剧本，意外地受到名家指点和赞赏，并以此重获入学"深造"的机会，却是和低年级的孩子坐在一起上课。但是，孩子们对他这个高高瘦瘦又满嘴乡土口音的大哥哥并不认同，时常嘲笑他是又丑又笨的乡巴佬。

23岁，他终于从初中学校毕业了。不过他从未放弃过对文学艺术的热爱和追求。一年后，他写的第二部剧本获得公演，竟赢得了公众认可和喝彩。就此，一个才华横溢的剧作家诞生了。

20多年过去，他就是这样从最底层，一步一步地成长，不断地尝试着改变自己。直到26岁，他高中都没有读过，突然转身再次踏上新的征程。一个人跑去大海上，当了一名海员。他游历了所有能够靠岸和抵达的国家，写出了三部游记著作。30岁时，他的自传体长篇小说出版，又一次广受好评和欢迎。

几年后，他在寄给岸上的女友的信中说："我要为下一代创作了。"原来，他在海上航行时，感觉时间会变得很漫长，一到晚上他就把一切感情和思想写成故事。等到几个月之后，回到自己的国土，他突然发现所有的孩子都喜欢阅读他写的故事了。他仿佛一位老人，看到孩子们在聆听过他讲述的故事之后，愉悦的笑脸汇成了海洋，令人着迷陶醉，让他感到无比幸福、健康、纯洁和富有。

这时，他已经34岁。他自认为终于找到了属于自己的海，这成了他终生创作的动力和源泉、目标和梦想。直到去世前的3年，他仍坚持不懈地写作。43年，他共创作童话故事168篇，把他的才华和生命都献给了"未来的一代"。

他一生坎坷，终身未婚。去世后，他被尊为"现代童话之父"，被世人称为"世界童话之王"和"丹麦童话大师"。于是，丹麦作家安徒生的名字响彻整个世界。其童话作品深得历代世界各国儿童的崇尚和喜爱，历久弥新，经久不衰，成为经典著作。

是的，一颗普通的沙粒，要想成为色彩瑰丽、气质高雅的珍珠，首要条件不只是找到历练自己的贝壳，更要找到贝壳之外成全自己命运的大海。

情感修炼手记

· 慢品味 ·

安徒生最终成为名震四方的童话作家，是因为找到了一条正确的路，加上勤奋与坚持，才走出了不平凡的一生。

· 微感悟 ·

许多人一旦梦想破灭，便一蹶不振，浮萍一般漂泊在人世。而安徒生却毫不气馁，一条路行不通，就再试另外一条路。路有千千万万条，总有一条会指引你找到可以让自己发光发亮的舞台，实现自己的人生价值。勇于尝试固然不错，但是如果方向有错，只能越走越错。只有找到正确的方向，你才可能找到梦想的灯塔。

· 新思考 ·

一所院校、一个专业、一家企业、一个岗位……哪里才是最能够成就自己精彩的大海，即将踏入社会的你是否思考过这个问题？

品格微语

> 勇于否定自己，及时调转方向，人生舞台才会迎来柳暗花明！

开弓也有回头箭　　赵经纬

他出生在一个富裕的市民家庭，他先后在两所著名大学学习法律。他的最初梦想是做一名优秀的律师，为此，他付出了刻苦的努力。可是，当他做了一段时间的律师工作之后，他发现打赢官司和匡扶正义原本是两码事。

于是，他改变了努力的方向。他开始学习绘画，他经历了艰辛的磨砺，他努力地提高自己的画技，直到他四十岁的时候。当他游历了意大利，亲眼见到那些大师们的杰出作品之后，他终于明白，即使穷尽自己毕生的精力，也难以在画界有所建树。

他再次改变了前进的方向。他想，他可以为改良现实社会做些努力。于是，他应聘到魏玛公国做官，可惜还是一事无成。

他人生里的最后一次定向是文学创作。终于，他找到了自己生命中最灿烂的舞台。他成为伟大的作家，他的创作把德国文学提高到全欧洲的先进水平，并对欧洲文学的发展做出了巨大的贡献。

他是德国最伟大的作家，也是世界文学领域最出类拔萃的光辉人物之一。他，就是歌德。

我们总是强调"矢志不移"，强调"开弓没有回头箭"。其实，很多时候，盲目的坚持只会让自己的人生"脱靶"。撞了南墙不回头的人，不妨学学歌德，勇于否定自己，及时调转方向，人生舞台才会迎来柳暗花明！

记住，人生常有回头路，开弓也有回头箭！

情感修炼手记

·慢品味·

歌德从律师到画家到官员,一次次转身,最终在文学世界实现了自己的价值。换一个方向并不意味着失败,而是开启一段新的征程。

·微感悟·

没有谁通过一次选择就可以把握整个人生的航向,就像在大海上,经验再丰富的航船家,也需要根据环境的特点不断调整航向,才能确保最终到达彼岸。有时候,追逐梦想也应如此,适时调整自己的航向,找到真正属于自己的梦想之地,才能最大限度地实现人生价值。不要畏惧调整,不要畏惧改变,一个转身或许就有惊喜。

·新思考·

高考落榜,或者考研失利,或者求职遭拒……山重水复疑无路之时,你是否想过应该去重新创造一个柳暗花明的传奇?

品格微语

一种痛苦的放弃，可能意味着拥有另一种充满希望的新生活。

人生就是这样，有许多不可预知的成功和失败，很多时候，输或赢的原因，就在于你选择适应还是选择改变。

揭去弱者的标志 李红都

被医生诊断为神经性耳聋的那一天，他仅11岁。从此，课余时间跟着父母四处求医问药，想治好"变笨"了的耳朵。

花了很多钱，吃了很多药，可是听力却未见好转。为了给他购买那些价格不菲的"灵丹妙药"，原本就清贫的家里早已不堪重负，但一想到失聪会给求学和就业带来的种种坎坷，父母还是咬着牙想办法给他治下去。

可是，上帝睡着了，没有看到他和父母在求医路上的努力，未及行18岁的成人礼，他已彻底听不到父母的声音。几年后，听说新上市的一款数字型助听器可以帮助他听到一些声音，父母想办法帮他凑够了这笔钱。

他满心希望地跟着父母来到一家助听器验配中心，才发现这笔好不容易才凑齐的钱，仅够买下一只数字助听器。

沉思片刻，他做出一个令医生和父母都大吃一惊的决定，放弃听力康复，用准备买这只数字助听器的钱去买一台电脑。

那一年，他23岁。听不到声音，也找不到满意的工作，甚至日常生活，也没有多少人愿意费半天劲跟他说话，寂寞的日子里，他便守一台电脑，在因特网这个未知的世界里摸索，渐渐地，他发现自己对软件和网页创建特别感兴趣，于是，他开始自学 html，了解创建网页和其他可在网页浏览器中看到的信息。很多关于 html 的资料都是英文的，不得已，他在攻读网络知识的同时，坚持自学英文，从那些看似天书般的英语字母里，寻找打开因特网奥秘的金钥匙。

没有语言环境，常人学英语也有困难，况且是他这样一个已离开校园，并且多年生活在无声世界中的青年呢？这种挑战的难度可想而知，但攻下网络和软件知识的强烈欲望驱使着他，他拿出愚公移山的精神，每天背几个单词、短句，坚持阅读英语新闻和英文技术博客。攻下 html 后，接着他又开始攻 javascript、CS 和 asp 等网页开发技术。两年后，他已熟悉 Web 等开发技术，能熟练地运用 Visual studio 等开发工具，并攻下了多款英文软件。

2002 年，在微软推出 Net Framework 1.0 后，他开始转入 net 开发领域的研究。2003 年应聘到西安软件园工作时，他的学习和工作潜力得以激发，很快便成了公司的技术骨干，月薪高达五千元。他变得更加自信。

那段时间，微软公司常在网上发布一些软件测试版这类实验性的课题，只要有计算机知识，任何人都可以参与进来，他看到了，大胆参与课题讨论，提出了很好的建议。受益的不仅是微软，在解决那些行内公认的难题的过程中，他的能力也在不知不觉地提高，渐渐地，这位默默无闻的青年人引起了微软的注意。

由于不断帮助微软解决技术难题，自 2004 年起，他连续 4 年被微软总部授予"微软最有价值专家"称号。当时，微软在中国的 MVP 仅有一百多人，而残疾人 MVP 仅他一个人。

得到微软的认可，他的信心更足了。随后的几年中，在省、市、国家级的残疾人技能赛上，他一次次披金折桂，尽显英姿，及至后来远赴日本参加的国际残疾人职业技能竞赛，面对来自世界各地的计算机高手，他的成绩也足以惊艳世人……

回首往事，他感慨万千，那只戴在耳朵上没起多大作用的助听器，像一种弱者标志，让他时不时地陷入自卑的阴影，黯然神伤。放弃那只助听器，不是没有痛苦过，但他懂得，放弃，可能意味着拥有另一种充满希望的新生活。他放弃了，也得到了，揭下身上弱者的标志之后，他在网络和软件中成功地找到了与世界沟通的方式。这位令人敬佩的青年，就是陕西省延安市吴起县的杨涛先生。

如果不是 23 岁那次坚定的选择，他可能也会像大多数渴望听清世界声音的聋人一样，买下那只昂贵的助听器，艰难地一步步训练听力，但谁又能保证他以后能像一个听力健全的人，沟通不再会有障碍呢？与其抱紧那一点点渺茫的希望，不如用那笔钱买下一台电脑，在感兴趣的领域奋斗一番，自己把握自己的命运！人生就是这样，有许多不可预知的成功和失败，很多时候，输或赢的原因，就在于你选择适应还是选择改变。

情感修炼手记

·慢品味·

杨涛放弃了助听器，选择了他感兴趣的电脑，凭着热爱和一股韧劲儿，最终成了微软专家。

·微感悟·

很多残疾人都着眼于如何用最先进的设备弥补自己生理的缺陷，使自己获得正常人一样的生活和待遇，却很少想到，健全的肢体不如健全的精神，与其努力拼凑完整的躯体，倒不如索性一拼，构筑起自己精神世界的天堂。杨涛用一台电脑成功地搭建起自己的精神王国，让新生的梦想撑起了未来的天空。

·新思考·

选择，需要眼光，需要勇气，更需要智慧。假如一边是残缺的肢体，一边是残缺的梦想，有多少人能够像杨涛一样接受自身的缺陷而去搭建一个完美的精神世界呢？

品格微语

转个身，换一条路走走，与其苦苦地期盼登上别人搭好的舞台，不如自己努力，先为自己搭一个施展才华的舞台，再从这个舞台出发，登上更多的舞台。

自己先搭一个舞台   崔修建

只因大三那年偶然的一次"触电"，他心头便燃起了进入演艺圈的热望。尽管那一次，他只不过做了没有一句台词的群众演员。

大学毕业，他毅然放弃了那份相当不错的工作，忍痛与女友分手，从杭州跑到北京，做了典型的"京漂一族"，幻想从默默无名的群众演员做起，一路晋升到配角，再到主要角色。或许某一天遇到一位贵人或者伯乐，他还能有幸成为主角，甚至一鸣惊人。因为他知道很多演员是从跑龙套开始一步步成为巨星的故事，譬如"功夫巨星"成龙。当然，这是他藏在心底的秘密。为此，他将期待和找寻过程中的种种艰辛，都当成人生中不可回避的磨练。

只是，命运似乎对他很不垂青，在京城漂泊了三年多，他只是在一些剧组中扮演过一些几乎可以忽略不计的小角色，也偶尔担任过跑跑颠颠的剧务。自然，他微薄的收入根本无法维系他最低水准的生存，他只能四处兼职，一边打各种零工，一边仍幻想着有人能为自己提供一个表演的舞台。

那个炎炎的夏日，他一脸憔悴地从闷热的地下室走出，尚无着落的廉价房租，像头顶的烈日一样炙烤着他，他茫然地望着繁华而喧嚣的城市，感觉自己特别像墙角那株被人遗忘的小草。他已经整整两个月没有混进某一个剧组了，哪怕是充当一个一闪而过的群众演员的机会，也没人给他提供。

在他将兜里仅有的10元钱交给拉面馆的老板后，他只得不好意思地向一位送外卖的老乡求援。老乡借钱给他的同时，也扔给他一句很实在的话——"转个身，换一条路走走，与其苦苦地期盼登上别人搭好的舞台，不如自己努力，先为自己搭一个施展才华的舞台，再从这个舞台出发，登上更多的舞台。"

老乡的话，闪电般地点醒了正执迷不悟的他：是啊，自己如此虔诚地渴望登上别人搭建的舞台，付出了那么多，收获却这般惨不忍睹。只因为自己将成功的机遇，都寄托在他人身上了。

恍然大悟后，几经踌躇，他加盟了一家速递公司，没多久，便成立了一家自己的快递公司。没想到，公司的运营竟出奇地顺畅，短短两年间，他便在北京市中心买了房子，买了好车，还拥有了令人羡慕的幸福婚姻。

那日，他遇见了一个像他当年一样梦想闯入演艺界的年轻人，见其眼神里流露的焦灼和迷茫，刹那间，他的心不禁一颤——原来，人生的舞台，无非两种，一种是别人提供的，一种是自己搭建的，而后者，不仅更容易使自己梦想成真，还往往会成为一个非常重要的桥梁，给自己创造更多的机会登上那些渴望的舞台。

于是，他继续拓展公司的经营范畴，把生意做得风生水起。再后来，他看好了一个剧本，参与投资了一部都市情景剧，并在该剧中扮演了一个非常重要的角色，酣畅淋漓地表演了一番，竟赢得了大片的赞许，此后片约不断，他要认真筛选后，才肯签约那些自己喜欢的角色……

事情就这么简单：一味期待别人为自己提供一个看似捷径的舞台，付出大量的心血后，所得到的往往是灼痛心灵的失望，而首先给自己搭一个表演的舞台，将自己的才能充分地施展出来，获得与人沟通和交往的资本，就有可能引起他人的关注，并由此登上别人搭建的那些舞台，获得更多表演的机会，获得更大的成功。

回首来路，他深深感激老乡当年的点拨——有时，只需那样轻轻地转一个小弯，人生之路便陡然清晰许多，开阔起来。

情感修炼手记

· 慢品味 ·

一个想要成为演艺圈名角的年轻人，在经人点拨后选择开创自己的事业，最终以自己的舞台为跳板，实现了理想，这告诉我们：实现梦想，要选择最适合自己的那条路。

· 微感悟 ·

有的人认定了一条路，即便是撞了南墙也不回头，在一条路上走到黑，哪怕头破血流，哪怕毫无希望。其实，实现梦想的路有千万条，结合自身的特点，适当地转身，选择更适合自己的路，或许离梦想会更近一些。

· 新思考 ·

如果梦想遭遇瓶颈，你是选择在别人搭建的舞台上卑微地等待机会，还是转身给自己搭个平台？

品格微语

人的梦想并非只有一个。因为在不同的时间，不同的环境中，新的梦想随时可能诞生。

梦想是你的脊梁　周海亮

小时候，我的梦想是当一名画家。我认为只有画家才可以天天画画。稍大些时我开始为这个梦想努力，似乎那时我所做的一切，都是为了将来能够成为一名画家。可是对一个没有经过专业指导的农村孩子来说，想成为画家谈何容易？当我终于没能考上美术师范学校而不得不就读于一所职业高中时，我认为，我的梦想在那一刻破灭。我在高中度过了三年浑浑噩噩的时光，那三年里，我似乎将梦想彻底隐藏。

现在回想起来，其实我只是没有了继续画画的信心，而并非没有梦想。是失败让我变得更加"务实"，而那样的"务实"，其实才是最可怕的。

毕业后我被分配到一个山区啤酒厂，仍然浑浑噩噩地度日。一个偶然的机会，我认识了一位韩国商人。他在城里有一家很大的公司，在他的邀请下，我去了他的公司，从一名普通的工人变成了一位白领。

新的梦想就是那时候诞生的。必须承认，那位韩国商人颠覆了我的人生观和价值观。那时我已不再想成为画家，而是想办一家属于自己的公司。我在他那里做了三年，然后辞职办起了自己的公司。

人的梦想并非只有一个。因为在不同的时间、不同的环境中，新的梦想随时可能诞生。

一开始我的公司可谓举步维艰，那时我只梦想着可以天天有生意做。

后来真的天天有生意做了,我又希望把我的公司做得更大,做成跨国公司。梦想在我这里不停地升级,我从中得到源源不断的快乐和动力。

可是,我逐渐发现我的性格其实并不适合做生意。尽管我努力使自己在生意场上左右逢源,但事实上,我骨子里是一位不愿意和别人打交道的人。或者说,我并不擅长生意场上的左右逢源,并不喜欢针锋相对的商场拼争。相反,我越来越喜欢安静,越来越喜欢一个人的独处。当我意识到这个问题以后,我有过一段痛苦的思想斗争。终于,在某一天,我下定决心,弃商从文。

于是新的梦想再一次诞生。把文章越写越好,把更多的好作品交给读者,成为我文学路上的唯一梦想。现在我仍然在这条路上跋涉,很快乐,也很艰难。

既然旧的梦想可以轻易抛弃,那么,梦想还有什么用?当然有用。其实不管你的梦想能不能最终实现,或者你会不会在某一天抛弃你原有的梦想,这些梦想都会给你的生活增加无穷的动力和激情。——在我梦想成为画家的时候,我天天练画,我的每一天都过得充实和快乐;同样,在我梦想开一家自己的公司的时候,在我梦想把自己的公司做成跨国公司的时候,在我梦想可以出一部让自己满意的长篇小说的时候,我每一天都会努力。我们不一定能够实现自己的梦想,但是为了实现这个梦想,你必须充满激情、勇往直前。你靠着这梦想才让自己站得笔直。你的这种状态才是最重要的。这是你的财富。

是的,梦想总会在前面等着你,它是你的脊梁,靠了它,你才能够站起来,才不至于倒下去。这与你能不能够将它最终实现,并没有太直接的关系。

最后我想说,梦想不能够实现,真的并不可怕,因为还会诞生新的梦想。可怕的是梦想破灭时对信心所造成的巨大打击。这种打击在有时候,才是最致命的。

情感修炼手记

·慢品味·

从普通工人到企业家到作家，每条路都有独特的收获。不要畏惧梦想的改变，每个梦想都可能会促成你生命精彩的绽放。

·微感悟·

一个梦，一条路，一种人生，并不是注定的选择。其实，生命本是一部波澜壮阔的传奇，梦想的种子不可能品质单一，选择合适的土壤，让最茁壮的梦想扎根、开花、结果，这才是理性的人生。梦想支撑人生，梦想是人生的脊梁。

·新思考·

梦想不能够实现，并不可怕，因为还会诞生新的梦想，问题是新的梦想诞生后，你是否信心依旧，勇气依旧，行动依旧？

品格微语

横刀跃马，和执笔沉思的她，原都是一个人，然而时代将这些事隔开了……

梦　冰心

她回想起童年的生涯，真是如同一梦罢了！穿着黑色带金线的军服，佩着一柄短短的军刀，骑在很高大的白马上，在海岸边缓辔徐行的时候，心里只充满了壮美的快感，几曾想到现在的自己，是这般的静寂，只拿着一枝笔儿，写她幻想中的情绪呢？

她男装到了十岁，十岁以前，她父亲常常带她去参与那军人娱乐的宴会。朋友们一见都夸奖说，"好英武的一个小军人！今年几岁了？"父亲先一面答应着，临走时才微笑说，"他是我的儿子，但也是我的女儿。"

她会打走队的鼓，会吹召集的喇叭。知道毛瑟枪里的机关。也会将很大的炮弹，旋进炮腔里。五六年父亲身畔无意中的训练，真将她做成很矫健的小军人了。

别的方面呢？平常女孩子所喜好的事，她却一点都不爱。这也难怪她，她的四围并没有别的女伴，偶然看见山下经过的几个村里的小姑娘，穿着大红大绿的衣裳，裹着很小的脚。匆匆一面里，她无从知道她们平居的生活。而且她也不把这些印象，放在心上。一把刀，一匹马，便堪过尽一生了！女孩子的事，是何等的琐碎烦腻呵！当探海的电灯射在浩浩无边的大海上，发出一片一片的寒光，灯影下，旗影下，两排儿沉豪英毅的军官，在剑佩锵锵的声里，整齐严肃的一同举起杯来，祝中国万岁的时候，这光景，是怎样的使人涌出慷慨的快乐的眼泪呢？

有时候新的梦想会更美 ◇

她这梦也应当到了醒觉的时候了！人生就是一梦么？

十岁回到故乡去，换上了女孩子的衣服，在姊妹群中，学到了女儿情性：五色的丝线，是能做成好看的活计的；香的，美丽的花，是要插在头上的；镜子是妆束完时要照一照的；在众人中间坐着，是要说些很细腻很温柔的话的；眼泪是时常要落下来的。女孩子是总有点脾气，带点娇贵的样子的。

这也是很新颖，很能造就她的环境——但她父亲送给她的一把佩刀，还长日挂在窗前。拔出鞘来，寒光射眼，她每每呆住了。白马呵，海岸呵，荷枪的军人呵……模糊中有无穷的怅惘。姊妹们在窗外唤她，她也不出去了。站了半天，只掉下几点无聊的眼泪。

她后悔么？也许是，但有谁知道呢！军人的生活，是怎样的造就了她的性情呵！黄昏时营幕里吹出来的笳声，不更是抑扬凄婉么？世界上软款温柔的境地，难道只有女孩儿可以占么？海上的月夜，星夜，眺台独立倚枪翘首的时候：沉沉的天幕下，人静了，海也浓睡了，——"海天以外的家！"这时的情怀，是诗人的还是军人的呢？是两缕悲壮的丝交纠之点呵！

除了几点无聊的英雄泪，还有甚么？她安于自己的境地了！生命如果是圈儿般的循环，或者便从"将来"，又走向"过去"的道上去，但这也是无聊呵！

十年深刻的印象，遗留于她现在的生活中的，只是矫强的性质了——她依旧是喜欢看那整齐的步伐，听那悲壮的军笳。但与其说她是喜欢看，喜欢听，不如说她是怕看，怕听罢。

横刀跃马，和执笔沉思的她，原都是一个人，然而时代将这些事隔开了……

童年！只是一个深刻的梦么？

一九二一年十月一日

情感修炼手记

·慢品味·

儿时的冰心不爱红装爱武装,俨然矫健的小军人,随着年龄的增长和环境的改变,她换上了女装,学会了女孩的性情,可童年那深刻的梦仍深深镌刻在心里。

·微感悟·

生命是不会回旋的马车,一路奔腾向前。我们能做的只有把握好每一个当下,时光的河入海流,此去经年,一路莫回头。儿时的梦想尽管会被时间冲蚀,但是不会因为年华流逝而褪色,它将成为我们永恒的怀念。

·新思考·

岁月改变了生活的模样,怀旧固然很有特别的情调,但是当下的时光不也需要珍惜么?在未来的某一天如果回望,现在不也是一种甜蜜的梦吗?

品格微语

人间有一种财富是你自己的，是没有人可以以任何理由给剥夺走的，那就是你所读过的书，所拥有的知识。

书海茫茫，对书再喜欢，花时间再多，也只能读到书海中的几朵浪花，但这却是我一辈子的梦想。

童年的三个梦想　　赵丽宏

尽管我有多种职业，但它们都是临时的，只有一个职业是终身的，只要我活着就可以延续下去的，那就是做一个读书人，做一个永远的读者。

一个人活在世界上，最划算也最值得做的一件事就是读书，尤其是读文学经典名著。

人生在世，时间是很有限的，活得再长，哪怕活到一百岁，也只是漫漫历史长河中的一瞬间；经历再多，阅历再丰富，也只能是见证了人间一个小小角落。但如果你是一个喜欢读书的人，你就可能活无数次——

你读一本好书，就可以跟着一位智者活一次，进入他的生活，这个生活境界在你的现实人生中是不可能发生的。这位智者是用他自己的一生去经历，去思索，去表达，写成一本书，我们作为读者只要花几个小时或者最多花几天时间，就可以读完他一生的追求，跟着他走到你永远也不可能到达的地方。所以一个爱读书的人，他的人生可能得到无限拓展。

现在有很多年轻人会觉得，最值得效仿的就是那些"创业成功"而成为富贵的商业、企业界名人。确实，他们的努力，他们的事业成功是很不容易的，但在许多年轻人眼里往往只看到他们所拥有的财富，看到他们的百万千万甚至上亿的"身价"，认为这是他们人生成功的标志。其实一个人的成功标志，钱只是其中的一部分。钱作为身外之物，其"身价"也可能因为经济危机或者某项投资失误，在一夜之间流失，甚至成为穷光蛋。但人间有一种财富是你自己的，是没有人可以以任何理由给剥夺走的，那就是你所读过的书，所拥有的知识。因为这些书早已经与你的精神、血液，与你的整个身心融为一体了，成为你终身的财富，再也不会离开。

小时候，我有三个梦想，但就是没有想过要当一个"作家"。

第一个梦想，是当一个音乐家。我觉得在人类历史文明中，音乐是最奇妙的，它可以把人类心灵中最隐秘、最复杂、最曲折的感情和思绪，用无形的音符表达得淋漓尽致。我拉过二胡、小提琴，也吹过笛子、口琴，但当音乐家需要很多物质条件。我1952年2月出生在上海，小时候很想弹钢琴，可连摸一摸钢琴的机会都不可能有——当音乐家的梦想没有能够实现，但这个梦想一直伴随着我，后来我写了很多跟音乐有关的文章，也写了几本跟音乐有关的书。我也许一生都会做一个爱乐者。

第二个梦想是想做一个画家。大概每个孩子都有过这样的梦想，每个孩子都愿意用彩色画笔把自己的经历描绘出来。我也没有成为画家，但我从来没有放弃对美术的爱好，除了关注美术家们的创作外，我自己也常常写字、画画。在我最新出版的《赵丽宏散文》(人民文学出版社2015年版)中，就插录了我自己的一些书画作品，我的书画，其实还是在延续孩提时的梦想，我写"读百家文章，览四时风月"，写"书卷多情似故人，晨昏忧乐每相亲"，写"少年读书如隙中窥月，中年读书如庭中望月，老年读书如台上玩月"，写"善读书者，无之而非书……"，画和读书和音乐有关的画，如古人弹琴、睡猫伴书等。

我的第一部儿童长篇小说《童年河》(福建少年儿童出版社2013年版)，

写的是我所经历的那个童年时代——20世纪五六十年代的上海苏州河边的故事，里面有我自己童年生活的影子。书里的主人公"雪弟"喜欢画画，有一天，他用蜡笔把家里新粉刷的白墙全都涂满了，他妈妈回家发现后大发雷霆，把他骂了一顿，可是他父亲却在孩子的画面前站了很久，最后说："你看这孩子画得多好！"那墙面上画的是什么呢？原来是"雪弟"刚从乡下来到上海，精神上感到很孤独，他就用一幅画来表达对原来在乡下奶奶身边生活的向往。他画的是乡下的河流，河里的小鱼儿，岸上的草儿、花儿，还有各种各样见过的和想象中的小动物、大动物，以及思念中的乡下的亲人，画树，画山，画天上的鸟儿……一个男孩子脑海中所能想象的东西，他全都把它们画到了这堵墙上，竟把一整盒的蜡笔都给用完了。虽然妈妈并没有收回她的责骂，但她第二天给儿子买了两盒蜡笔和一大沓白纸！这是我儿时真实的经历。

我的第三个梦想，是想看遍世界上每一本好看的书。这确实是一个梦想，无法成为现实，因为，世上的好书浩如烟海，穷尽一生也无法读完。

我的出身并非"书香门第"，我父亲读过几年私塾，初通文墨，会记账、写信，但他并没有读过几本书，父亲一直和我说，他一生最大的遗憾就是"读书少"。我小时候，父母家里很穷，生活清贫，但父亲看到我喜欢读书非常高兴，就想方设法地找书来给我看。我母亲是个医生，她上过教会学校，从小学一直念到大学。因此，我家里有一架子书，但都是医学方面的书，它们不是我喜欢看的。

我小时候花时间最多的事情是读书，看小说。我认识字比较早，自然读书也开始得早。我5岁时已识了两三千个汉字，我发现每一本出现在我面前的书，只要用心去看，我都能读得懂。上小学一年级时，我就读了《西游记》《水浒传》和《说岳全传》。这以后，只要是有趣的书，我拿到就看，常常一天就能看完一部长篇小说。我那时候看书的主要来源，是大我6岁也爱好文学作品的姐姐，她从学校图书馆借来的外国小说译本《复活》《战争与和平》《悲惨世界》《九三年》《高老头》《约翰·克利斯朵夫》《猎人笔记》和《红与黑》等，每一本书我都读完了，有时候她还没读完我却先读完了，就催着她再去调换。一个暑假下来，读的书就更多了。这种快速而又大量的读书，尽管是囫囵吞枣式的，但为我后来的文学写作打下了一定的基础。到了中学，读到散文和诗歌后，便似乎有一种一见倾心的感觉。我感到了诵读它们的快乐。因为文学大师们使文字产生了音乐一般的魅力。就这样，所以我的写作，是从诗和散文开始的。现在开始写长篇小说。《童年河》和《渔童》（福建少年儿童出版社2015年版），就是我最近的文学创作尝试。

现在已经是一个自由阅读的时代，孩子们可以自由地阅读任何一本书，而且有很多书是专门为孩子写作的，那些儿童文学作品、童话书都印得非常精致，花花绿绿很吸引人。我小时候没有这样的书看。不过那时虽然不能接触到很多的书，因为有些是被屏蔽的，孩子们不可能读到的，但如果你是一个文学作品爱好者，那么出现在你面前的能读到的书，不管是图书馆能借到的，还是书店能买到的，大多是古今中外的经典名著，因为有一批有水平的专家、学者、译者已经给你做过了选择。

在这方面，我们中国人有一件事做得非常了不起：从上个世纪初到现在100多年间，先辈们前赴后继、不遗余力地翻译、介绍外国的名著，每一部西方经典的作品在中国几乎都有汉译本。现在连西方刚出现的年轻作家的新作品，只要有了好评，中国人就会去翻译。这件事在世界上几乎没有任何一个国家像中国这样做得这么完备。因此，虽然我的第三个梦想是读遍世界上所有的好书，这其实是不可能的。书海茫茫，对书再喜欢，花时间再多，也只能读到书海中的几朵浪花，但这却是我一辈子的梦想。

这三个梦想就是我活了60多年一直在追求的人生梦想，尤其是第三个。尽管我有多种职业，但它们都是临时的，只有一个职业是终身的，只要我活着就可以延续下去的，那就是做一个读书人，做一个永远的读者。

情感修炼手记

·慢品味·

　　当作家，当画家，读好书，不同的时间，不同的梦想，每一个梦想都是美好的，也是甜蜜的，它们让我们看到了作者人生的厚重。

·微感悟·

　　梦想的调整，有时候并不是纯粹个人的事情，而是与时代相连，与社会风尚相应。赵丽宏童年的三个梦想，其实就是时代的风向标，它反映了中国五六十年代青少年的精神风貌和价值追求。现在看来，那时青少年的情怀是纯净的，是向上的，是高雅的，也是温暖的。

·新思考·

　　反观当下，时代发展了，青少年的内心世界也显然要复杂得多。我们不禁会想，我们的年轻的朋友们是否肯为了纯净心灵而卷起两袖书香？

第 7 辑

圆梦是人生的一次超越

古罗马政治家塞涅卡说过："人生如同故事，重要的并不在有多长，而是在有多好。"是的，追逐梦想的过程是艰辛的，但是历经艰难险阻一旦梦圆，我们就会收获成功的喜悦，人生的内涵就会丰富，人生的高度就会增加，人生的价值就会彰显，或者说我们的人生其实已经完成了一次蜕变，一次超越。当然，不同的人，对人生价值的实现有着不同的理解和追求，有的人把超然物外实现内心的宁静作为自己的终极追求；有的人把拥有洗净尘土和污秽的快乐作为自己的终极追求；有的人把能够将关爱普施于人作为终极追求……尽管各不相同，但是，其实都是人生境界的提升。梦圆时刻，在庆祝欣喜之后，能够冷静地回顾追梦的历程，并从中总结经验，汲取教训，得到启迪，其实是一种更加非凡的人生超越。因为，那不是沉醉，而是觉醒。正如亚里士多德所说："人生最终的价值在于觉醒和思考的能力，而不只在于生存。"

$$
\text{圆梦是人生的一次超越} \to
\begin{cases}
情感 \to \begin{cases} 个人情感 \\ 集体情感 \\ 社会情感 \end{cases} \to 充沛的活力和美妙无比的欣喜 \\
真理 \to \begin{cases} 普遍真理 \\ 一般真理 \\ 经验真理 \\ 科学真理 \end{cases} \to 真理与现实的结合造就了成功的喜悦 \\
价值 \to \begin{cases} 个人价值 \\ 社会价值 \\ 有限价值 \\ 无限价值 \end{cases} \to 多种价值的统一，深切感受价值实现的愉快
\end{cases}
$$

品格微语

> 她看到儿子在快乐成长，在没有经历很多学习压力的情形下，拥有了自己喜欢的职业。

西餐厨子　　张粉英

一个白白净净的小帅哥，头上扎着一条小碎花三角巾，隐约看见脑后一条小马尾辫；戴着眼镜，嬉皮笑脸；手上端着一碟五彩缤纷的水果沙拉，做递过来的姿势。旁白是：妈妈，喜欢吗？等我回国的时候做给你吃！

这是我的网友马校长博客里的一幅照片，是她的儿子从意大利发来的。马校长说："我儿子在意大利，不过他不是读硕士也不是读博士，他就是个西餐厨子哦！"如今的马校长谈起儿子，一脸骄傲。马校长做教师30多年，培养的好学生无数。曾经，她和无数教育者一样，认为一个孩子的成功过程一般是：读小学、中学、名牌大学，取得本科、硕士、博士学历，书读得越多，学位越高，就越成功。因为这个，马校长一度认为自己的教育是失败的。她说，她从来没有品尝过儿子考上好学校的快乐。

儿子的小学和初中上的都是普通公办学校。中考成绩下来，儿子说，妈妈："我不想上高中考大学，我要去上职业学校，想做个厨师。"儿子的想法让马校长吃惊："宝贝呀，怎么就不愿意读书了？亏得你妈妈我还是个校长！"儿子说，他去表哥家玩，看见表哥房间里有摞得一人多高的试卷，倒下来能把人压死，实在看得害怕。他坚决不要像表哥那样做那么多试卷！那一年表哥上高二。马校长半天都转不过弯来。但是，强扭的瓜不甜，作为教师的马校长知道这个道理，于是只好勉强答应儿子，让他去职业学校。

新学期，马校长就看见儿子每天高高兴兴骑着车去烹饪学校上课。儿子回来说，他最喜欢上操作课，自己带个盘子到学校去跟老师学做菜，菜做好了用自己带的盘子装盘。儿子告诉妈妈，他做的菜总是第一个被老师和同学们抢着吃，儿子一高兴，连盘子都忘记带回家，家里不知道被他弄丢了多少盘子了。寒暑假，儿子主动要求去饭店实习，穿上工作服，弄得一身油腻腻的回家。儿子跟食雕大师学习食品雕刻，天气再冷再热都能坚持。

一个偶然的机会，烹饪学校成立了中国和意大利的合作班，儿子很想进去学习，但是一听说去意大利要很多费用，就不好意思跟妈妈开口了。马校长是从老师那儿知道这个信息的，她支持儿子报考。然后，儿子忽然开始头悬梁锥刺股地看书，家里墙上到处贴着单词。学习了两年意大利语后，意大利学校来中国招生，面试时，儿子的综合成绩居然是第一名！

儿子很顺利地去了意大利，学习3年之后，就在意大利找到了工作。假期里，儿子用打工的钱旅游，走过意大利的著名城市米兰、罗马、威尼斯、佛罗伦萨。因为成绩优秀，受到中国驻意大利大使的接见，还亲临现场看过一场意甲联赛。又2年之后，儿子拿到工作签证。

马校长说，现在回头想想，其实自己对儿子的教育并不失败，因为，她看到儿子在快乐成长，在没有承受很多学习压力的情形下，拥有了自己喜欢的职业。

情感修炼手记

· 慢品味 ·

　　一个校长的叛逆儿子不走寻常路去追寻自己的梦想，拥有了喜欢的职业，并快乐成长的故事，引人深思，耐人寻味。

· 微感悟 ·

　　实现梦想的道路有很多，在快乐中追梦何尝不是一种最优选择。兴趣是最好的老师，马校长不是强迫孩子按照自己的意愿去考理想的大学，而是充分考虑孩子的兴趣并予以引导和鼓励，随顺自然，让孩子的人生更加精彩——这正是校长的高明之处。校长儿子更为可贵：他遵从内心的呼唤，选择了一条快乐的追梦之路——学做名厨，最终梦想成真，实现人生价值的同时，也拥有了属于自己的快乐。

· 新思考 ·

　　世上最快乐的事莫过于为梦想而奋斗，当高分低能者越来越多时，我们是不是该想想到底什么才是真正的成功教育？

品格微语

我爱哭，是因为常常被感动，但我从没有因为失败和挫折而哭过。

当你为了理想而奋力拼搏，受点委屈不算什么，失败和挫折也不算什么，不要哭泣，唯有坚守而已。男人的眼泪，只为成功而流。

眼泪只为成功而流　姜钦峰

在一次演唱会上，当赵传唱起成名曲《我是一只小小鸟》的时候，数万名观众齐声高唱，现场立时沸腾了。一个年轻人默默地坐在人群中间，听得如痴如醉，心里满怀憧憬，觉得这首歌就是唱给自己听的：我这只小小鸟，哪一天才能飞上青天，站在台上演唱呢？

若干年后，年轻人果然梦想成真。第一次开个人演唱会，他终于站在了舞台中央，还唱那首歌："有时候我觉得自己像一只小小鸟，想要飞却怎么样也飞不高……"触景生情，往事历历浮现，汹涌的泪水再也止不住，他哭得稀里稀啦，泣不成声。

任贤齐24岁入行，33岁成名，在青春逼人的娱乐圈，实属大器晚成。还在上大学时，他就担任了乐队主唱，5个年轻人满怀激情，对每一次演出机会都格外珍惜，可是并不受欢迎。最惨的一次，他还在台上唱，台下的人就开始退场，最后只剩下3名观众——一位老人带着一个孩子，还牵着一条狗。他越唱越心虚，老先生到底是来听歌，还是等着打扫场地啊？最后他想，只要有人听，我就认真唱。

有时，乐队会到很远的地方去演出，有四五个小时的车程。只有一辆破旧的车，还要随身携带不少乐器，5个人要以近乎拥抱的姿势才能全部塞进去。一次演出回来，每人分到几百块钱酬劳便高兴得不得了。但是第二天，车主就给另外4个人打电话，要求头一天发的钱全部上交，原因是车子被贴了罚单，一场演出又变成了"义演"。除了一腔热情，这群年轻人一无所有，有时连10元钱的过路费都要5个人一起凑。用"凄惨"两个字来形容，再合适不过。

没有名气，没有鲜花和掌声，没有收入，乐队最终难逃解散的命运。其他队员纷纷改行，各奔前程，只有他仍在继续坚持，渐渐有了一点小小的名气，被一家唱片公司看中，成为签约歌手。他以为机会来了，铆足了劲，准备大展拳脚。不料，又是好梦一场。

签约没多久就到了服兵役的年龄，等他服完兵役回来，公司居然倒闭了！合约还没到期，他连同公司里的桌椅板凳一起被打包卖给了新东家。终于体会到了什么叫身不由己，又要从零开始，在人才济济的新公司，像他这样的小歌手，一抓一大把。他不知道何时才是出头之日，唯有默默坚守。

不出成绩就面临下岗。公司不养闲人，每年都要解约一批歌手，任贤齐几乎年年出现在解约名单中。幸亏他的恩师小虫数次力保，总算把他保住。他的时代终于到来，一曲《心太软》让他红遍了大江南北。后来，谈起这段朝不保夕的日子，他笑称自己为"年度解约歌手"。

往事如烟。如今他早已功成名就，但是每当站在舞台上，他依然无法控制情绪，动不动就热泪盈眶。渐渐地朋友们调侃他，说他是爱哭的男人。他不置可否，只是淡淡地解释："我爱哭，是因为常常被感动，但我从没有因为失败和挫折而哭过。"

轻描淡写的话，忽然重重地把我击中。想起那句歌词："男人哭吧哭吧不是罪，尝尝阔别已久眼泪的滋味，就算下雨也是一种美！"当你为了理想而奋力拼搏，受点委屈不算什么，失败和挫折也不算什么，不要哭泣，唯有坚守而已。男人的眼泪，只为成功而流。

圆梦是人生的一次超越

情感修炼手记

·慢品味·

任贤齐24岁入行，33岁大器晚成，在失败和挫折面前，执着坚守使他"守得云开见月明"。

·微感悟·

"爱哭"男人任贤齐的眼泪带给我们一种真切的感动。命运太过冷落曾经年轻的歌手，给了他太多超乎常人的打击和磨砺；命运又格外眷顾这位坚韧的歌手，这一次次打击是积蓄，是沉淀，是磨炼意志促人成熟的磨刀石。任贤齐矢志不渝地为梦想打拼，他的眼泪，为成功而流，为自我超越而流。

·新思考·

实现梦想的任贤齐在欣喜中，不忘感恩过去的磨难，何尝不是一种人生境界的超越？然而，现实中又有多少人会有一颗感恩磨难的心？

品格微语

"我想知道一块有了梦想的石头能走多远。"

被石头绊倒后　　周礼

在一条蜿蜒崎岖的乡村马路上，卧着一块凹凸不平的石头，一位路人正好从这儿经过，看样子他喝了不少酒，走起路来踉踉跄跄。就在这时，他被脚下的石头绊了一下，重重地栽倒在路边，他的额头和手掌都受了伤。路人骂骂咧咧地从地上爬起来，生气地说："真倒霉！以后再也不走这条路了。"

没过多久，在同一条路上，又有一个人被石头绊倒了，这个人叫薛瓦勒，他是一个乡村邮差，每天都要为乡民寄送信件。那天，他忙着赶路，没有注意到脚下的石头。他被绊了一个趔趄，摔倒在地上，信件散落了一地。虽然这个小小的意外没有使他受伤，但还是弄了他一身的泥，他一边咒骂那该死的石头，一边拍打身上的泥土。就在他弯腰捡拾地上的信件时，他突然发现那块石头有些特别，不仅棱角分明，形状奇异，色泽也比较鲜艳。于是，他捡起那块石头，细细地欣赏着，越看越喜欢，便随手放进邮包里。

送信时，一个村民发现了薛瓦勒包里的石头，他好奇地问："你放一块石头在包里干什么呢？"薛瓦勒说："在路上捡到的，觉得很好看，想带回家。"村民说："赶紧扔了吧，你还要走十几里的山路，它会是一个沉重的负担。"薛瓦勒掏出石头，略带炫耀地说："你不觉得它很漂亮吗？扔了多可惜呀！"

圆梦是人生的一次超越

村民笑着说："像这样的石头，我们这儿要多少有多少，你捡得完吗？"

回到家里，薛瓦勒忽然有一个想法，他想用那些奇形怪状的石头修建一座城堡。很小的时候，他就有一个梦想，希望能拥有一座美丽的城堡，这些石头正好能帮自己实现儿时的梦想。从那以后，薛瓦勒每次送完信都要带回一块或多块石头，数十年如一日，从未间断，有时他还会利用休息日推着独轮车去山里寻找。

30多年后，当一位记者路过时，他惊奇地发现，在这个偏僻的小村庄，伫立着他从未见过的奇特建筑，这些建筑错落有致，新奇古朴，美轮美奂，就像童话世界里的梦幻之城，令人叹为观止。一问之下得知，这些奇异的建筑竟然出自一个平凡的邮差之手，他十分感动，专门写了一篇声情并茂的文章报道此事。不久，整个法国都知道了位于德龙省罗芒以北的欧特里沃有一座奇特的宫殿，他是由一位名叫薛瓦勒的邮差花费33年的时间打造的。随即，游客蜂拥而至，就连当时极负盛名的画家毕加索也忍不住跑去参观了一番。

如今，这座城堡已是法国的著名景点，人们称它为"邮差薛瓦勒的理想宫"。大家步入城堡时，会在入口处的石头上看到一句意味深长的话："我想知道一块有了梦想的石头能走多远。"据说，这就是当初绊倒薛瓦勒的那块石头。

生活中，当你被"石头"绊倒后，你是怨天尤人，还是拾起梦想，继续上路呢？

情感修炼手记

· 慢品味 ·

平凡的乡村邮差薛瓦勒,被一块美丽的石头绊倒后,花费30多年收集各种石头打造了一座奇特的宫殿,成为浪漫法国又一深入人心的标志事件。

· 微感悟 ·

城堡入口处的石头上有一行耐人寻味的文字:"我想知道一块有了梦想的石头能走多远。"平凡而伟大的乡村邮差薛瓦勒给了我们最动人最有力的回答。他白天传递别人的梦想,晚上建造自己的梦想,快乐、幸福地建造自己的城堡,以往依稀的梦想如今像石头一样确切,庸常的东西突然具有奇迹般的意味——我们不禁要被邮差的创意和毅力所折服。实现了梦想的石头,不是普通的顽石,而是钻石。

· 新思考 ·

当你梦想成真时,你是否总结过奋斗的历程?是否也像薛瓦勒一样有过"一块有了梦想的石头能走多远"的深刻思考?

品格微语

光明和希望总是降临在那些相信梦想一定会成真的人身上。

独自航海的女孩　刘江

斯凯勒教授还是孩子的时候，就十分向往无际的大海。他梦想有一天能够拥有一艘属于自己的帆船，乘着它，航行于无尽的大海，直到世界的尽头。

可是，当能够实现自己的梦想时，斯凯勒却总是因忙碌的工作和繁忙的家事而脱不开身。一直到2002年，78岁的斯凯勒才终于有了属于自己的时间。他买下一艘自己梦想中的帆船，可还没开始航行，就因心脏病发作而住进了医院。

当医生对斯凯勒说他从此都要静养的时候，他愣住了。斯凯勒一直以为只要挣够了钱，梦想早一点晚一点实现都可以，他从来也没想过，自己将再也无法实现出海的梦想。

出院后的一天，在街上闲逛的斯凯勒无意中走进一家酒吧。刚刚坐定，就有一个年轻可爱的女孩走上前来。女孩一边递给他一张酒单，一边向他推销适合老年人喝的酒品，斯凯勒不禁被女孩的开朗打动了，与其攀谈起来。

女孩名叫利兹，是一名即将毕业的大学生。巧合的是，利兹读的正是他所教授的环境专业。相似的学术背景，令年龄悬殊的两个人一下就打开了话匣子。斯凯勒从谈话中得知，利兹从小就对航海情有独钟。大学的时候，她特意选择了环境专业，为的就是能够在未来的环球航行中专业地分析海上的天气。"我的梦想是能够乘着一艘属于自己的帆船，走遍世界上的每一个角落。"利兹的梦想令斯凯勒产生了强烈的共鸣,他想,如果自己将帆船送给利兹,她不就能提前实现梦想了吗。于是,斯凯勒对利兹说:"我有一艘帆船,可是我老了,再也无法驾驶它,我想将它送给你。孩子,你愿意接受这个礼物吗?"

利兹欣然接受了斯凯勒的好意。收到帆船后,利兹立刻报了一个航海学习班。她要在有限的时间内学习足够的航海知识,她又找了一份兼职,以挣到第一次远行的费用。3年后,一切就绪的利兹向茫茫大海进发了。

一个女子孤身一人驶入大海,所遇到的困难是无法想象的。有时,对天气预测不准的利兹会遇上大风浪,高达5米的海浪令帆船不停地摇摆,利兹不得不一个人调转船头,将锚链重新抛入海中。除了不时碰到恶劣的天气,利兹还要常常面临经费不足的困境。为了筹集足够的钱以继续接下来的航程,每到一个地方,利兹都会停下脚步,在当地住一段时间,打工筹钱。

除了这些困难,利兹得到的更多的还是对生活的享受。在大海中,没有任何纷繁事务的打扰,能够做任何自己想做的事。利兹会带上几本自己喜欢的书和钟爱的美食,一边看书一边品尝美食。不仅如此,每到一个城市,利兹都会住上一段时间,以更好地了解当地的风土人情。许多当地人知道了利兹的经历后,不仅热情地邀请她参与他们本民族的各种娱乐活动,还给她送去了许多当地的特色美食。这些生活中的惊喜是利兹一生中最珍贵的记忆。

除了体验,利兹每天都会将自己的见闻和感受用文字和图片记录下来,分享到博客里。每天不间断的分享不仅抚慰了斯凯勒教授寂寞的心,也为利兹聚集了大量的粉丝,甚至还引起了一家从事户外用品销售的商家注意。这家户外用品店的老板看了利兹的博客后,十分欣赏利兹的勇气以及努力实现自己梦想的决心,他决定赞助利兹的行程。解决了资金问题的利兹高兴极了,她辞掉了工作,将全部的业余时间都用在学习新知识上。

10年过去了,曾经青涩的女孩已经变成了一个老练的水手。有人问利兹:"你航行了10年,走遍了许多人终其一生都无法去的地方,你的梦想应该已经实现了吧。"利兹说:"世界很大,我所走过的路还太短。现在,我希望能够有一个跟我同样热爱大海的人,与我一起继续航行下去。"利兹眨眨眼,调皮地说。

当梦想成真的机会来临的时候,利兹没有胆怯,勇敢前进;面对困难,她没有畏惧;面对未来,她充满希望。光明和希望总是降临在那些相信梦想一定会成真的人身上。

情感修炼手记

·慢品味·

在老教授的帮助下,女孩利兹10年艰辛的环球航行,不仅圆了自己的梦,同时也圆了教授的梦。

·微感悟·

车尔尼雪夫斯基说过:假如一个人尽想着"我办不到",那他果然就会办不到。利兹有了愿望就马上付诸行动,在岁月的磨炼中,她的意志品质变得成熟,她的航海技术日趋精湛。平静的湖面,练不出精悍的水手;安逸的环境,造不出时代的伟人。一个人的意志和毅力必须在长期的锻炼中接受严峻的考验。更为可贵的是,在梦圆之后,利兹又将扬起新的梦想的风帆。

·新思考·

一旦梦想成真,固然少不了一番庆祝。不过,你是否会从此安心于享受胜利的成果,是否会像利兹一样,重新收拾行囊,向着新的海域扬帆起航?

> 是什么时候、什么回忆、什么所想，使我做了这么一个翠绿的梦？

我梦中的小翠鸟

冰心

六月十五夜，在我两次醒来之后，大约是清晨五时半吧，我又睡着了，而且做了一个使我永不忘怀的梦。

我梦见：我仿佛是坐在一辆飞驰着的车里，这车不知道是火车？是大面包车？还是小轿车？但这些车的坐垫和四壁都是深红色的。我伸着左掌，掌上立着一只极其纤小的翠鸟。

这只小翠鸟绿得夺目，绿得醉人！它在我掌上清脆地吟唱着极其动听的调子。那高亢的歌声和它纤小的身躯，毫不相衬。

我在梦中自己也知道这是个梦。我对自己说，醒后我一定把这个神奇的梦，和这个永远铭刻在我心中的小翠鸟写下来……这时窗外啼鸟的声音把我从双重的梦中唤醒了，而我的眼中还闪烁着那不可逼视、翠绿的光，耳边还缭绕着那动人的吟唱。

做梦总有个来由吧？是什么时候、什么回忆、什么所想，使我做了这么一个翠绿的梦？我想不出来了。

1990 年 6 月 16 日

情感修炼手记

· 慢品味 ·

在这篇小散文中,冰心记叙了自己的一个梦中之梦——一片红色背景中,有一只绿得夺目、绿得醉人的小翠鸟,唱着极其动听的歌——让她难以忘怀。

· 微感悟 ·

有人说冰心的文章太淡,淡得如一杯白开水,没有味道,但是这淡淡的水化为涓涓细流,流向五脏六腑,让人全身心得到滋润,感到说不出的舒畅。这个神奇的梦,情感洁净,或许象征着冰心终生的价值追求——营造一个集真、善、美为一体的艺术世界,我们不禁会想,当这样一只小翠鸟毫无虚饰矫情地来到她的梦中,是不是预示着她实现了现实中的艺术梦想?

· 新思考 ·

《我梦中的小翠鸟》短小而不单薄,随意而蕴含真情,是一朵从清心里升起的天然去雕饰的芙蓉。在这光怪陆离的浮世中,还有几个人能拥有这样纯净的梦呢?

第8辑
最美的不是圆梦是追梦

英国哲学家休谟曾经说："正是劳动本身构成了你追求的幸福的主要因素，任何不是靠辛勤努力而获得的享受，很快就会变得枯燥无聊，索然无味。"这句话揭示了过程的重要性。对于一个追梦的人来说，圆梦固然是美好的，是值得庆祝的，但是，追梦的过程其实更值得记忆和怀念。因为那个过程，是意志品质的磨炼，是人生经验的积累，对于我们的成长来说，无疑是一笔无法复制的宝贵财富。享受过程，并不等于裹足不前，也不等于留恋风景乐而忘行，而是在执着追寻梦想的过程中，体会快乐，分享智慧，收获幸福。

```
                                              → 社会环境
                                    环境   →  工作环境  →  了解周边环境,
                                              ↗ 家庭环境     发挥良好作用

                                              → 努力        脚踏实地地工
                                    期望   →  ↗ 等待  →    作,期盼胜利的
                                                            喜悦

                                              → 人格
                                    交互   →  ↗ 年龄  →  拥有梦想,
                                                 性别       把握甜蜜人生

                                              → 内部动机
                                    动机   →  → 外部动机  → 动机督促我们前进
                                              ↗ 近期动机
                                                 远期动机
                                    ↑      ↑       ↑       ↘

                        最美的不是
                        圆梦是追梦
```

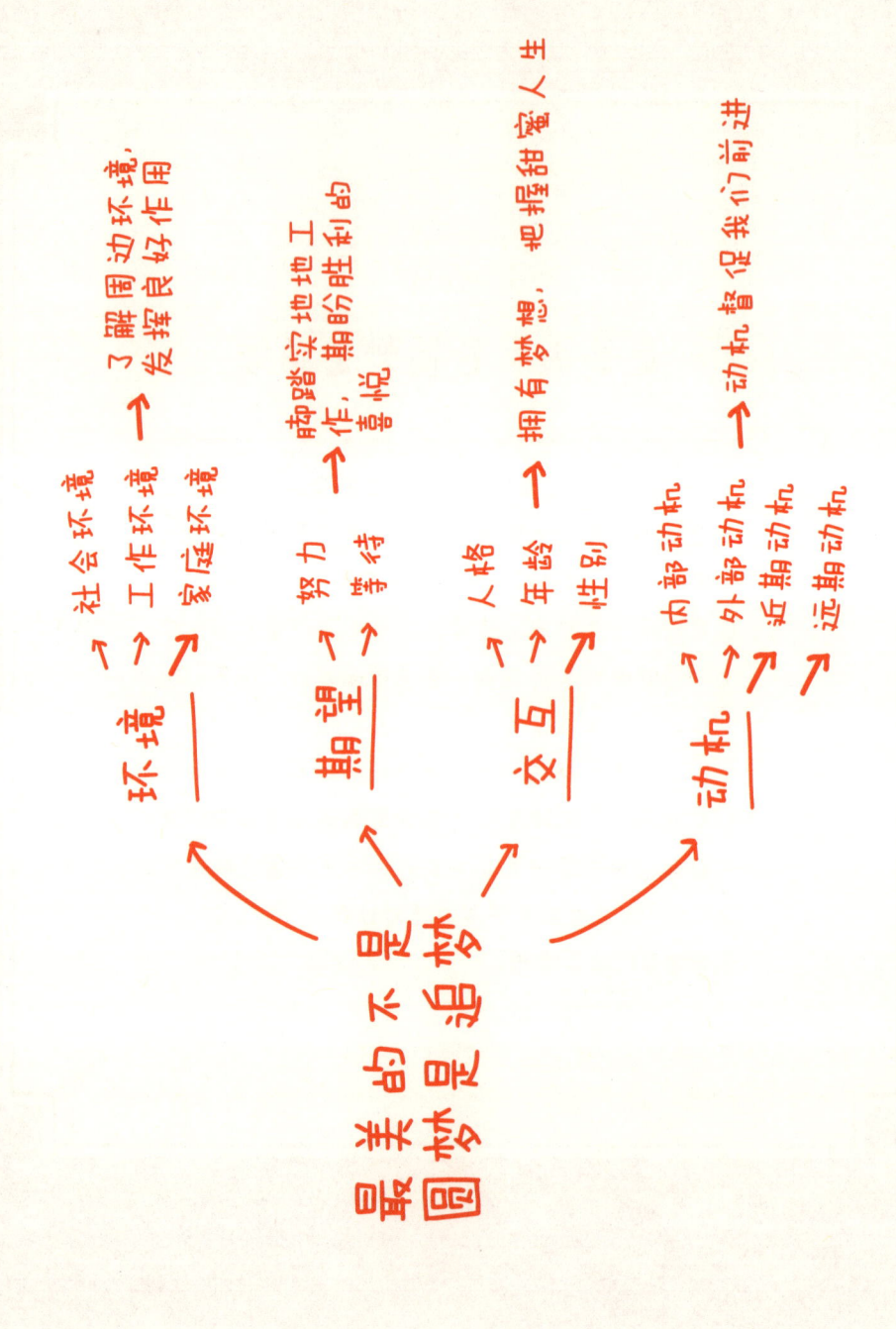

品格微语

> 平凡如我,只要找对方向,只要努力坚持,就能找到属于自己的钥匙。它可以打开快乐的心门,我们一样可以拥有精彩而华美的青春。

总有一把钥匙属于自己 安一朗

我是个长相普通,智力平庸的人,常常会无端羡慕别人的英俊潇洒或聪明才智。我总觉得自己的平凡是因为我被上帝偶然遗忘了,这种想法,在学校时异常强烈。那时,学习中等的我虽不让老师多操心,但也因为平庸引不起老师的注意,就是在同学中间,我也是那种默默无闻、可有可无的角色。

我很希望像学习好的同学那样得到老师的青睐和宠爱,也很羡慕那些呼朋引伴的同学,羡慕他们阳光、明媚的笑脸,就连老师对"差生"的一声斥责也会让我感叹。无论如何,我希望自己被人注意,毕竟,被人注意是件快乐的事。

一直以来,因为性格内敛的缘故,我身边没有要好的朋友,成天形单影只。我只习惯沉浸在自己喜欢的书本中。从中国的《三国演义》到外国的《红与黑》,只要可以从图书馆借来的书,我都不会放过。我特别喜欢路遥的《平凡的世界》,喜欢书中主人公孙少平自尊、自强、自信的人生态度，书中朴实、温情的文字一次次打动我的心，看着看着，泪水就会悄然滑落。我还喜欢三毛清丽的文字，喜欢她的乐观。为爱走天涯，在物质生活极度贫乏的撒哈拉沙漠，她却生活得精彩纷呈，让人无限神往。每一本书中都有引人入胜的故事，或跌宕起伏，或感人肺腑，身在其中，其乐无穷。

　　初一那年暑假，我开始尝试着自己写。为了塑造和刻画小说主人公的性格特征，我开始细心留意身边的同学，并尝试着融入他们的圈子。我学着把自己的想法说出口，也学会了站在别人的角度考虑问题。慢慢地，我也有了要好的同学，从他们那里听来的很多故事也成了我的写作素材。

　　我的写作水平逐渐提高，我在学校的征文比赛中获得特等奖，在报纸上发表作品……这些使我从容自信，心花怒放，我庆幸自己终于找到了一把属于自己的钥匙。这把钥匙不仅打开了我快乐的心门，它还让我找回了久违的自信。

　　平凡并不可怕。平凡如我，只要找对方向，只要努力坚持，就能找到属于自己的钥匙。它可以打开快乐的心门，我们一样可以拥有精彩而华美的青春。

情感修炼手记

·慢品味·

孤僻的作者发现可以将自己的所思、所想诉诸文字,于是他找到了那把属于自己的能够开启"孤僻"心灵的钥匙,找到了自信,也找到了快乐。

·微感悟·

也许很多时候你会迷茫,找不到方向,甚至感到绝望,但是,只要不放弃,梦想就在前方。没有什么是一成不变的,平凡的美需要我们慢慢去体会。从兴趣入手,从小事做起,你会发现那怎么也打不开的心锁,那怎么也推不开的梦想之门,会在不知不觉中自动开放。

·新思考·

每当有作文涉及梦想、理想的时候,你首先想到的是什么?是应付作文?还是写你真实的愿望,并在现实中享受追梦的乐趣?

品格微语

总有一些欣赏的目光在默默关注,纵使暂时不能感受那些关注的温暖,也绝不可以抛弃那些美好的初衷,那才是通往梦想和成功的原始力量。

我听过你的歌,我的大哥哥

路勇

电视台举行"××之星"歌唱比赛,一直在本市各大媒体宣传造势,很快这个比赛就尽人皆知了。

我只是一个小公司的小职员,很喜欢当下稳定而平淡的生活,也从来没有做过辉煌的明星梦。可是,我热爱唱歌,热爱那种在舞台上对着麦克风唱歌的感觉。更重要的是,我积攒了几十首原创歌曲,这些歌曲"养在深闺人未识"。我想把这些原创歌曲唱给更多人听,希望它们能够打动一些人,甚至给他们一丝爱的憧憬和生活的希望。

于是,我报名参加了"××之星"歌唱比赛,我决定每一轮比赛都只唱原创歌曲,让自己的歌曲有一次集体亮相的机会。然而,我的演唱并没得到观众热烈的回应,甚至连掌声都只是象征性的稀稀落落的。那个以"毒舌"闻名的电台主持人是比赛的评委,他不无讽刺地评价我的演唱,"噢,我实在是忍不住了,这位先生你到底在嘟哝些什么,你难道就不能端正态度,好好唱我们明白的歌吗?"当我小声地解释"这些都是我原创的歌曲,或许歌词和旋律您不熟悉吧……""你被淘汰了——"毫无预兆地从那张不饶人的嘴皮中蹦了出来。

走出电视台的演播大厅,我的心情像街上的夜色一样灰暗,演播大厅的霓虹灯好像是不可企及的梦。不到一个小时候后，演播大厅的霓虹灯也熄灭了，我知道"××之星"歌唱比赛结束了，掌声和荣誉属于其他的选手，虽然他们没有自己的原创歌曲，但是那些惟妙惟肖的模仿更能获得观众的喜爱和评委的青睐。我赶紧走到偏僻的小径上，不想那些同台竞技的选手或台下的观众看到我的落寞。只有稀少的星辰和安静的吉他守候着我，我的失落在夜色中一点点凝聚，接着又一点点挥散开来。

"我听过你的歌。"一个年轻的女声响起，接着走过来一个漂亮的女孩。我想她应该是哪所学校的学生，她清澈的眼眸里没有一丝杂质，仿佛从来都不曾侵染风雨似的。我苦笑着说："你一定是从电视台演播大厅出来的吧，我刚才的演唱让你看了个大笑话吧？""其实，你唱得很好，只是今天你太紧张，影响了你的发挥。"女孩说完接着唱道，"我听过你的歌我的大哥哥，我明白你的心你的喜怒哀乐……"

这是一首旋律简单的歌，也是我非常热爱的一首歌，但不该是这个年纪的女孩所熟知的歌。还不等我发问，女孩就说了，"我在过街地道里听你唱过这首歌，我还听你唱过许多原创歌曲，我算得上是你的铁杆粉丝哦。"那些在过街地道里唱歌的日子，对我来说虽然放松自在，但是也有挥之不去的苦涩。当女孩说她曾经为我驻足，甚至谦卑地称自己是我的粉丝，我顿时得到一种莫大的鼓舞。

和女孩分别后，比赛中受到的委屈顿时烟消云散，郁闷的情绪仿佛也彻底地蒸发了。我也明白了，并不是每一个歌者都可以获得如潮的掌声，千里马也不一定能等来伯乐的发掘和称赞。然而，总有一些欣赏的目光在默默关注，纵使暂时不能感受那些关注的温暖，也绝不可以抛弃那些美好的初衷，那才是通往梦想和成功的原始力量。

情感修炼手记

· 慢品味 ·

　　从参加比赛到被淘汰出局，主人公突然明白，无论何时也不能放弃初衷、放弃梦想。

· 微感悟 ·

　　伯乐与千里马的关系其实很微妙。古人常说："千里马常有而伯乐不常有。"可是，即使没有伯乐去发现，千里马也还是千里马，它的"性质"从未改变，只是不被我们所知晓罢了。谁又敢断言千里马永远遇不到伯乐？梦想成真的路虽然艰难，但我们要保持那颗最初的心。

· 新思考 ·

　　追梦的过程，其实就是自我积累的过程，为什么不享受这个过程呢？当我们老了的时候，记忆最深刻的会是什么？或许就是当年向着梦想奔跑的经历吧。

品格微语

> 这一个后背，与名誉、地位无关，有关的，只是自己心灵的充实和宁静。

后背冷　李良旭

认识一位成功的私营企业家，他经营的企业规模很大，有1000多名员工，每年上缴的税金就有几百万。

在人们眼里，这样的企业家每天一定是日理万机，整天在空中飞来飞去，觥筹交错中，侃侃而谈，风度翩翩。在人们的前呼后拥中，像一颗耀眼的明星，成为众人仰慕的公众人物。

没想到，让我大跌眼镜的是，就是这样一个企业家，竟有一个特别的爱好：写作。他的"爱好"不是一般意义上的爱好，完全可以用"痴迷"来形容。无论工作多么繁忙，他都一直坚持写作，迄今为止，已发表了几百万文字，有的还被拍成了电视剧，他还是许多刊物的签约作家。

他的这种"痴迷"，让人十分困惑和不解。一次，为了赶一家刊物的约稿，他竟忘了与一客商约好的签订合同事宜，以至于上百万的合同作废了。人们对他的损失深表惋惜，他却乐呵呵地说道："没事。我的那篇文章发表了，得了100块稿费，真快乐啊！"

在一次创作笔会上，我们相识了。企业家与作家，我感到这是一个十分有趣的话题。于是，我问道："您是一个成功的企业家，为什么还孜孜不倦地创作呢？这两方面好像没有太大的关联，您是怎么处理好这二者的关系的呢？"

他听了我的问题，目光中顿时泊满了一缕深情，仿佛陷入一种遥远的过往和回忆中，他说："在学生时代我就爱上了写作，那时，我的理想是将来当个作家。可是，长大后没有实现作家的梦想，却办起了企业。虽然企业发展得很红火，可是，我总觉得人生似乎缺少了什么？当作家的梦想，一次次在我心头缠绕，它像刺青一样，深深烙在心坎上，一直如影随形地伴随着我。我每天再忙，也想抽出一点时间来写点东西，如果一天不写点什么，就睡得不够踏实。办企业，是我的事业；写作，是我人生的一种支柱。离开了写作，钱赚得再多，也兴味索然，毫无乐趣可言。"

接着，他讲了一个故事。有一个和尚天天从山下背水上山。这一背，就是几十年。后来，山上有了井，他再也不用从山下背水上山了。可是，他背后总背着一个篓。有人就问他，你干吗总背着一个篓？他说道，后背冷。

他说："无论我的企业办得多大多强，我都离不开写作，写作是我生命的一部分，不写作，我后背也冷啊！一些商务会议我可以缺席，可以不参加，但是，这样的创作笔会我是不可缺席的。在这里，我仿佛得到了一种灵魂的洗礼，使我的目光变得更加清澈、明亮。"

我看到，他的目光里闪烁着一种坚定和无悔，有一种激情，像火焰在他心里熊熊燃烧。

那一刻，我也被深深地感染了，周遭如沐浴在圣洁之中，沉浸在他那一种巨大的幸福和快乐之中……

每一个人都有后背。那后背背的，常常是另一个自我，有了这一个后背，才会使自己的人生更加精彩和充实。而这一个后背，与名誉、地位无关，有关的，只是自己心灵的充实和宁静。

情感修炼手记

·慢品味·

一位功成名就的企业家,财富却并非他的最爱,写作才是他心中的梦想,才是可以令他内心充实、宁静的"后背"。

·微感悟·

梦想有没有高雅与鄙俗之分?当然有。有的人梦想拥有金钱、地位和名利,有的人梦想拥有纯净的内心和丰富的思想。哪一种才是最美的追求?不同的人会有不同的选择。每一个人的内心都有一个最宁静的角落,那才是心灵最终的依靠。一名企业家,倾情于写作,不是附庸风雅,而是寻找适合圆梦的地方。

·新思考·

工作或者学习之余,你可能也在寻找另一种放松的方式,运动、绘画、弹琴……那么,它们果真是潜藏在你内心的梦想,还是你追赶时髦所为?如果是前者,请坚持。如果是后者,请首先努力把它们变成前者。

品格微语

> 我一直都在努力着，不让自己的灵魂成为网中的囚徒，因为你要过自己渴望的生活，你就不能迷失人生的方向。

过自己渴望的生活　王飙

读大学的时候，裴多菲的那篇长长的《喀尔巴阡山游记》，把我迷得如醉如痴；读了两三遍之后，还有了背诵的冲动。那些天，不论是夕阳西下的黄昏，还是周末的休息日里，我都悄悄地躲在操场边那片不大的柳树林里，细细地品味，慢慢地享受那份从作者笔下流淌的山川之大美……

那时，我还没有见过山，但是，透过裴多菲的文字，我已不可救药地爱上了大山的雄丽，爱上了穿越于山水之间的畅魂爽意的旅行。他的文字，从此点燃了我胸中一个炽烈的梦想，那就是一定要像他那样，去仰望青山的高峻，去俯瞰谷壑的空幽，去到漫漫的途程中感受大自然如立体画卷般的变幻，去享受陌生朋友的那份纯净的情谊或陌生姑娘的那份温馨爱意的快感……

那时，裴多菲的游记，除了唤起了我旅行的渴望外，他那优美而富有穿透力的文字，还唤起了我对诗意表达的冲动；在裴多菲的笔下，喀尔巴阡山的雄峻之美，有时让你觉得像一个威严凛凛的武士；喀尔巴阡山的秀灵之美，有时让你感觉像一个穿一袭轻纱的少女；喀尔巴阡山的苍郁之美，有时让你觉得像一个执掌着整个家族的气度轩朗的老族长……那么，未来将映入我眼帘的景状，会在我心灵的世界里开出何等的曼美之花？

裴多菲是一个一手拿剑、一手拿笔的诗人，他的那首"生命诚可贵，爱情价更高；若为真理故，二者皆可抛"曾经感动过多少年轻的心啊？值得庆幸的是，我生在一个没有战争的和平年代，我可以迈动双脚，在自己祖国的大地上自由地行走；我可以拿起手中的大笔，在激情浪漫的生活中恣意地抒写灵性的诗篇！作为一个人，他能过自己渴望过的"二者皆可抛"的生活，我为何不能过自己渴望的充满自己内在意志的生活呢？

走出校门，走上工作岗位之后，尽管现实中俗网大张，但是，我一直都在努力着，不让自己的灵魂成为网中的囚徒，因为要过自己渴望的生活，就不能迷失人生的方向。作为一名教师，除了工作，业余的时间，我大都用于训练内心的表达艺术上了，暑假里，我便像自由的风一样，流浪在山水之间……

许多年过去了，我不但按自己的意志走过了许多地方，激赏了天地的大美，还结集出版了自己的游记《走向梦中的远方》一书，我不知道此中的某些篇章，可会有读者像当年的我读《喀尔巴阡山游记》那燃烧的文字一样，读得痴迷和沉醉？

生活，还在继续，我的渴望之鸟的翅膀，肯定还将继续飞翔！

情感修炼手记

· 慢品味 ·

受裴多菲作品的影响,作者迈开脚步,在祖国的大地上自由行走,用手中纸笔书写性灵的诗篇,过着自己渴望的生活,何其快哉!何其乐哉!

· 微感悟 ·

过自己渴望的生活,潜台词就是:那是一种自由的幸福的生活——没有什么可以阻挡前进的脚步,没有什么可以禁锢自由的思想,让梦想畅快地翱翔!在哪里歇脚并不重要,重要的是有令人心旷神怡的风光,有独特的心灵体验。

· 新思考 ·

人人都梦想过上自己渴望的生活,其实,能够真正实现这个梦想者,可谓微乎其微。那么,怎样才能过上自己渴望的生活呢?答案是:必须懂得选择,明白哪些该坚守,哪些该放下。

品格微语

我说："极善，极妙！但我愿做调味的精盐，渗入等等食品中，把自己的形骸融散，且回复当时在海里的面目，使一切有情得尝咸味，而不见盐体。"

愿　　许地山

南普陀寺里的大石，雨后稍微觉得干净，不过绿苔多长一些。

天涯的淡霞好像给我们一个天晴的信。树林里的虹气，被阳光分成七色。树上，雄虫求雌的声，凄凉得使人不忍听下去。妻子坐在石上，见我来，就问："你从哪里来？我等你许久了。"

"我领着孩子们到海边捡贝壳咧。阿琼捡着一个破贝，虽不完全，里面却像藏着珠子的样子。等他来到，我教他拿出来给你看一看。"

"在这树荫底下坐着，真舒服呀！我们天天到这里来，多么好呢！"

妻说："你哪里能够……？"

"为什么不能？"

"你应当作荫，不应当受荫。"

"你愿我作这样的荫么？"

"这样的荫算什么！我愿你作无边宝华盖，能普荫一切世间诸有情；愿你为如意净明珠，能普照一切世间诸有情；愿你为降魔金刚杵，能破坏一切世间诸障碍；愿你为多宝盂兰盆，能盛百味，滋养一切世间诸饥渴者；

愿你有六手，十二手，百手，千万手，无量数那由他如意手，能成全一切世间等等美善事。"

我说："极善，极妙！但我愿做调味的精盐，渗入等等食品中，把自己的形骸融散，且回复当时在海里的面目，使一切有情得尝咸味，而不见盐体。"

妻子说："只有调味，就能使一切有情都满足吗？"

我说："盐的功用，若只在调味，那就不配称为盐了。"

情感修炼手记

·慢品味·

通过与妻子的对话，作者表达了自己甘为"盐"的心愿，即做一头孺子牛的心愿，体现了一种无私奉献的精神。

·微感悟·

晨钟暮鼓，禅寺清幽，身处禅境，总有所感悟。耳边响起梵音妙语，木鱼声声，你会想到什么？每个人都是自己生命的主角，人生之路到底要怎么走？做那调味料中最平凡却又最不平凡的盐，无疑是彰显人生情怀的一种选择。听，说得多好——把自己的形骸融散，且回复当时在海里的面目，使一切有情得尝咸味，而不见盐体——这哪里是说盐？分明是在说一位情怀高尚的人嘛。梦想为盐，奉献咸味于世界，也提升了自己。

·新思考·

施与永远比索取伟大和高尚。是做一个甘愿奉献的人，还是做一个习惯贪婪索取的人，这难道不是我们每一个人都应该思索的问题吗？

第9辑

为梦想吟诵动人的诗篇

美国作家杜鲁门·贾西亚·卡波特说："梦是心灵的思想，是我们的秘密真情。"是的，梦想是潜藏于心的情感。有梦想，人生才有高度；有梦想，就要去追寻；有梦想，就会有实现人生超越的时刻。梦想因人而异，梦想也因时代不同而不同，但是，梦想都应该拥有共同的特征，它应该阳光，应该温暖，应该真诚，应该丰满，有时甚至应该博大。为梦想而歌，其实是为情怀洗尘，为思想扬帆，为生命礼赞。倾听为梦想而抒写的诗篇，我们可以触摸到不同时代的脉搏，可以感受到不同心灵的温度，可以仰望到非凡人生的高度。我们或许会在这种阅读中，净化心灵，启迪思想，陶冶情操，分享经验。

品格微语

你们以为我胆小如鼠，只是害怕自身遭受灾殃／我担心的是整个民族的社稷覆亡渐行渐近。

我的理想我的梦　　严文科／改写

当初我们的先辈们品德是多么高尚和纯洁，

全国上下人才济济，每个人充满理想。

让人陶醉的不仅仅是连缀蕙草和白芷的香气，

香草申椒和菌桂的芬芳也迷漫在我们的身旁。

圣王尧舜那么光明耿直，

遵循着人间正道找到治国途径。

昏君桀纣如此放纵败德，

只想走捷径弄得步履窘困。

那些贪婪之徒结党营私、贪图享乐，

把大好国家弄得政治昏暗前途充满危机。

你们以为我胆小如鼠，只是害怕自身遭受灾殃，

不是的啊，我担心的是整个民族的社稷覆亡渐行渐近。

我匆匆奔走在我伟大祖国的上下，

为实现圣明先辈的事业。

只可恨当政者不体察我的一片赤胆之心，

反而听信谗言怒气大发。

我也知道正直敢言会惹来祸端，

但我如何能做到眼睁睁地让他们祸害我的同胞？

九重天宇你为我作证吧，

我的狂妄和执着都因我深深爱着这个国家。

我们本来有着共同的伟大目标，

但这些小人们暗地里却投机钻营。

离开这样的政权我并不感到难过，

只是伤心我们这个国家的人们鼠目寸光。

注：根据屈原作品改写。

情感修炼手记

·微感悟·

举世皆浊我独清，众人皆醉我独醒。屈原在汨罗江边的绝唱穿越千年，又响起在我们耳畔。庙堂之上，朽木为官，误国乱朝，祸害百姓，忠不能用，信而见疑，这是前车之鉴。诗人以国家兴盛为理想，忧国忧民，全诗透射着理想的光芒和深刻的悲剧力量，如一颗孤独的灵魂在暗夜悲愤而苍凉地呐喊，有着深刻的时代意义。

有时候，强大的外部敌人并不可怕，国家最大的祸端往往始于内部的腐烂。千里之堤，溃于蚁穴。我们要实现中国梦，要实现国家的繁荣富强，就要怀着赤诚的爱国之心，精忠报国，勇敢地和奸佞小人做斗争。

·新思考·

国家兴亡，匹夫有责。我们要如何做一个像屈原一样刚正不阿、仗义执言的人，为国家出一份力呢？

品格微语

我也不想放一只巨大的纸鹞上天去捉弄四面八方的风

阔的海 　徐志摩

阔的海空的天我不需要，

我也不想放一只巨大的纸鹞

上天去捉弄四面八方的风；

我只要一分钟

我只要一点光

我只要一条缝，

像一个小孩子趴伏在一间暗屋的窗前

望着西天边不死的一条缝，

一点光，一分钟。

梦 —— 有梦想，谁都可以了不起

情感修炼手记

·微感悟·

在暗屋的窗前,在残酷的现实当中,诗人不敢奢求海阔天空,不敢期盼自由飞翔,只要能从那隙缝里看到一缕光,拥有一瞬间的希望,就已足够。不是不想要上天追风,不是不想大海遨游,不是不想挣脱所有束缚,只是身陷囚笼,在压抑的现实环境中,在惨淡的生活中,我们只能在心底畅想,只能用"一分钟、一点光、一条缝"去寄托那对海阔天空的无限向往。

短短的几行诗,字里行间隐藏着对海阔天空求而不可得的"怨"。那种对现实生活所感受到的压抑及其挣扎是何其生动,何其逼真,使我们仿佛置身其间,感到渴望却不敢求的矛盾和那种浓浓的窒息。现实是痛苦与残酷的,可我们应该初心不改,哪怕在压抑中也不放弃对海阔天空的渴望,也要爬伏在窗边,在一点光中幻想无边的世界。

·新思考·

人生难免艰难,难免坎坷,难免困顿,重要的是能够保留梦想的种子。有梦在心,那暗屋不也会是明宫吗?那隙缝不也可见到阳光吗?

品格微语

婉转它漂随命运的波涌／等候那阵阵风向远处推送／算做一次过客在宇宙里／认识这玲珑的生从容的死。

莲 灯　　林徽因

如果我的心是一朵莲花
正中擎出一支点亮的蜡
荧荧虽则单是那一剪光
我也要它骄傲的捧出辉煌
不怕它只是我个人的莲灯
照不见前后崎岖的人生——
浮沉它依附着人海的浪涛
明暗自成了它内心的秘奥
单是那光一闪花一朵——
像一叶轻舸驶出了江河——
宛转它漂随命运的波涌
等候那阵阵风向远处推送
算做一次过客在宇宙里
认识这玲珑的生从容的死
这飘忽的途程也就是个——
也就是个美丽美丽的梦

情感修炼手记

·微感悟·

世间风云变幻，我心却始终慈悲如莲花，柔弱精致，看似不堪一击，却坚韧蓬勃，淡泊无争，跟随着命运飘荡，随遇而安，看破了生死，只把人生当作一场奇妙无比的旅行，把生活当作一个美丽的梦。把心修炼成绽放在碧波春水之上的莲花，把心雕琢成波澜不惊的从容，就不会再畏惧这一趟未知的旅途，命运的长河波涛汹涌，心自宠辱不惊，静待该发生的一切来到，享受飘忽的途中的风景。

"我从地狱来，到天堂去，现正路过人间。"《红与黑》的作者司汤达曾这样形容自己。这里诗人将人生形容为宇宙间从容的过客，去认识生与死，去随着命运的波涌体验生命的喜怒哀乐，无疑有着异曲同工之妙。

·新思考·

莲，出淤泥而不染，心中有莲，人生便会纯净。从容面对生死，人生便豁达。为他人亮一盏明灯，人生便有了担当。于浑噩世界中，是做一个纯净的人，还是做一个恶俗的人？这是个必须直面的问题。

品格微语

> 从此狰狞的黑暗，咆哮的静寂 / 便扰得我辗转空床，通夜无睡。

幻中之邂逅　闻一多

太阳落了，责任闭了眼睛，
屋里朦胧的黑暗凄酸的寂静，
钩动了一种若有若无的感情，
——快乐和悲哀之间的黄昏。

仿佛一簇白云，蒙蒙漠漠，
拥着一只素氅朱冠的仙鹤——
在方才淌进的月光里浸着，
那娉婷的模样就是他么？

我们都还没吐出一丝儿声响，
我刚才无心地碰着他的衣裳，
许多的秘密，便同奔川一样，
从这摩触中不歇地冲洄来往。

忽地里我想要问他到底是谁，

推起头来……月在哪里？人在哪里？

从此狰狞的黑暗，咆哮的静寂，

便扰得我辗转空床，通夜无睡。

情感修炼手记

· 微感悟 ·

在一片寂静的黑暗中，诗人邂逅了月中的行客，衣袂飘飘，拥着仙鹤而来。美好总是不真实，快乐总是异常短暂，只想轻唤一声，幻境却已破灭，那咆哮的黑暗袭来，让人无比失落，幸福转瞬成为悲凉，此夜便难眠。

想你时你在天边，想你时你在眼前。你在梦里，思念却清醒着；你清醒着，可唤醒的思念啃噬着内心，于是，辗转空床，你只能一遍遍地对比着眼前的黑暗与梦中的美好，你只能抓住脑海中残余的幻影，任由它一遍又一遍地回放，彻夜未眠。

· 新思考 ·

《黑客帝国》中，孟菲斯说："你若吃下这颗蓝色的药丸，故事就将结束，你将从你的床上醒来并相信你想要相信的。你若吃下这颗红色药丸，你会一直待在这梦幻世界里，我会带你看看这个兔子洞多深？"这是一个带有隐喻的问题。入梦，还是入世？我们该吃下哪一颗药丸？

> 秋天的梦是轻的／那是窈窕的牧女之恋。

秋天的梦　　戴望舒

迢遥的牧女的羊铃,

摇落了轻的树叶。

秋天的梦是轻的,

那是窈窕的牧女之恋。

于是我的梦静静地来了,

但却载着沉重的昔日。

哦,现在,我有一些寒冷,

一些寒冷,和一些忧郁。

梦 —— 有梦想,谁都可以了不起

情感修炼手记

·微感悟·

　　花草枯败，万物萧条，秋的萧瑟总让人触景生情。在诗人的秋天的梦里，秋意悲，秋色暗，秋雨凉，秋夜孤独寂寞。随着铃声而至的牧羊女美丽温柔，纯洁优雅，而她的美却勾起了昔日心底沉重的往事，让秋更添了一层感伤。在秋色的背景下，诗人刻画了轻盈美丽的牧羊女，那份美好唤醒了他的梦，承载着昔日的记忆浮上心头，心绪沉重阴郁。这秋日里轻轻的梦，笼罩着淡淡的忧郁和惆怅。

·新思考·

　　"感时花溅泪，恨别鸟惊心。"人的情感是不是一个很奇妙的东西？本属主观（内心）的东西，却往往被客观（外物）所左右。所以，让内心永去阴霾，常沐春风，是修炼，更是境界。

品格微语

因为内心充满光明 / 仍然满怀期待等待
大雪带走冬天 / 等待三月来临春暖花开

等待晴朗的天　严文科

每个周末的午后
我都要来到这个安静的黄昏
北方的雾霾弥漫在每一处幽静的花园里
池塘里的水在冬天到来之前就已干涸了
密密的藤条，连同迎春的枝
都已沉沉地睡在梦乡里

我们耐心地等待着雪天来临
尽管一次又一次失约
甚至每个阴云和雾霾密布的清晨
我们的内心总是泛起阵阵温柔的涟漪

如果雪花和大地的梦想飘飞在我们的头顶
雪花像洁白的厚厚的围巾温暖着这座城市
我带着孩子来到这里
让她从琴键上发现美丽的世界
即便在茫茫黑夜也能发现光明

哪怕雾霾俘虏了这座举世闻名的城市
贪婪猜忌软弱冷漠人们的思想失去了呼吸
因为内心充满光明
仍然满怀期待等待大雪带走冬天
等待三月来临春暖花开

情感修炼手记

·微感悟·

冬天来了,春天还会远吗?阴云和雾霾抵挡不住明媚阳光的来临,一时的黑暗只是让你更加珍惜夜晚过后的温暖阳光。只要内心充满希望,任何困惑、任何挫折都抵挡不了向往光明的心。等待的晴天,也许会迟到,但绝对不会缺席。

我们的世界难免充满贪婪、猜忌、软弱、冷漠,看到和遭遇的也少不了残酷、悲惨,以至于让我们怀疑晴天还有多久才能来到,但是,只要保持内心的光明,心中怀着希望,总会看到晴朗的天空。

·新思考·

新闻中,我们常常会看到恐怖袭击、偷盗抢劫……但这真的就是世界的全部吗?我们是否被雾霾蒙蔽了双眼?

品格微语

> 我不能唱，不能跳／病倒在芳草丛中／
> 听到远处的音响／我做着莫名的梦

五月已来到人间　　［德］海涅　晨光／译

五月已来到人间
花草和树木洋溢着快乐和生机
那蔷薇色的云彩
在蔚蓝的天空徜徉

在繁茂的枝叶丛中
传来夜莺的歌唱
在那绿莹莹的苜蓿之中
白色的羔羊在欢乐地奔跑

我不能唱，不能跳
病倒在芳草丛中
听到远处的音响
我做着无言的梦

情感修炼手记

·微感悟·

　　五月总是带着欢快的脚步到来,大地上到处生机勃勃。暖风微醺,草木焕发生机,鲜花开放,芳香醉人。连云彩都是快乐的,天空辽阔是它们徜徉的海洋。冬眠的动物醒来了,候鸟归来,林间枝头夜莺在歌唱,草地是小动物们的乐园。可是,诗人却非常不幸,如同病人一般与这美丽的一切无缘相会,一切美好、快乐只响在远处,侧耳倾听似有若无。被痛苦束缚住的手脚,不能唱,不能跳,诗人的悲凉和无奈是何其真切啊!越是不能得到的东西,必然会越显得可贵,必然越会成为永远的梦想。

·新思考·

　　当我们因为贫穷和病痛,人生陷入谷底而无法享受美丽的春天时,我们为什么要灰心?为什么不要绝望?哪怕心中留存一个无言的梦,那也是一种期待啊。请相信,有期待,就有可能。